요녀

요녀

발행일	2023년 8월 4일

지은이	김으겸		
펴낸이	손형국		
펴낸곳	(주)북랩		
편집인	선일영	편집	정두철, 윤용민, 배진용, 김다빈, 김부경
디자인	이현수, 김민하, 김영주, 안유경	제작	박기성, 구성우, 변성주, 배상진
마케팅	김회란, 박진관		
출판등록	2004. 12. 1(제2012-000051호)		
주소	서울특별시 금천구 가산디지털 1로 168, 우림라이온스밸리 B동 B113~114호, C동 B101호		
홈페이지	www.book.co.kr		
전화번호	(02)2026-5777	팩스	(02)2026-5747

ISBN	979-11-6836-905-4 03810 (종이책)	979-11-6836-920-7 05810 (전자책)

◆ 김으겸 장편소설

요
녀

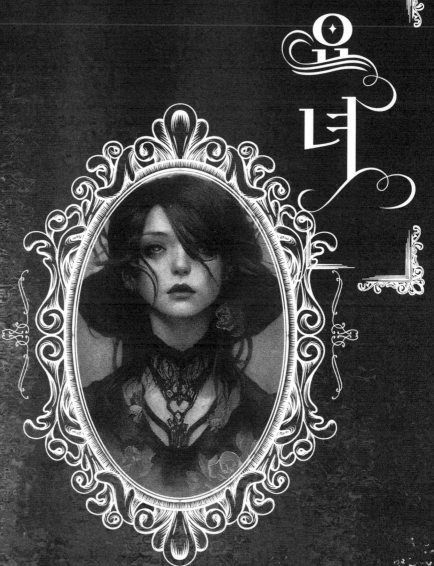

북랩

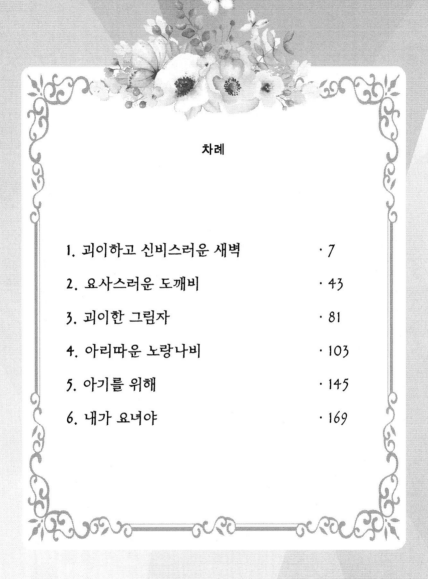

차례

1

괴이하고 신비스러운 새벽

◆

　평생을 정자와 난자를 양식해서 연구만 하던 박사 도연은 최종 연구가 완료된 정자와 난자를 시집도 안 간 자신의 딸 무진에게 시험을 했다. 도연은 그 시험을 하고 곧 숨을 거두었다. 무진은 차츰 배가 불러오자 사람들의 시선을 피하기 위해 어디론가 행방을 감추었다.

* * *

　세월이 흘렀다.

마약 범죄들이 늘어나면서 정부는 마약과의 전쟁을 지속하고 있었다. 마약이 들어올 수 없게 철통같은 방어벽을 구축하고 몇 년의 세월이 흐르자 국내에선 마약이 차츰 사라져갔다. 그러나 그 결과 10만 원 하던 마약을 1,000만 원을 넘는 돈으로도 구할 수 없게 되자 한국에서의 마약 값은 그야말로 다이아몬드보다 몇 배는 비싸지고 말았다.

그런데 신비한 약을 대신 만드는 기술자가 나타났다는 소문이 나돌았다. 국내 마약 관련 폭력배들은 소문의 출처를 찾기에 혈안이 되었다. 수없이 실종되는 소녀들. 경찰은 단순 가출이라고 수사조차 하지 않았다. 알게 모르게 실종된 소녀들 수는 수를 헤아릴 수도 없을 정도였다. 정치인, 공무원들 성 상납 사건이 터질 때마다 실종된 소녀들이 가끔 드러나긴 했지만 수사는 미미했다.

* * *

다시 세월이 흘렀다.

경기도 양평의 양동고등학교. 1학년 준영은 오늘도 힘겨운 발

걸음을 옮기고 있었다. 정말 가기 싫은 곳이었다. 커다란 묘 두 개기 있는 학교 뒷동산 소나무 숲이었다. 준영은 바지 주머니에 손을 넣고 만지작거렸다. 겨우 3만 원. 무서운 형들이 오늘도 몇 대 때릴 것이다.

"10만 원 꼭 채워 가지고 와라! 1만 원이 모자라면 1대씩 때린다."

어제 그 무서운 형들이 하던 말이 자꾸만 떠오른다. 7대. 그 7대를 맞으면 오늘도 온전한 몸으론 집에 갈 수 없을 것이다. 그렇다고 도망가면 준영은 그 무서운 형들에게 죽는다. 가기 싫은 발걸음을 떼어놓다 보니 아무리 걸어도 제자리다.

소나무 숲에는 건장한 체구의 남자들 3명이 서성이고 있었다. 그중 한 사람은 학생복을 입고 있었고 나머지는 청바지 차림이다.

3명 다 입에 담배를 물고 열심히 빨고 있었다.

"아! 씨발. 담배 냄새 때문에 똥을 못 싸겠네."

숲속에서 투덜거리는 소리가 들렸다. 여자 목소리다.

담배를 피우던 세 사람은 일제히 소리가 나는 숲속을 바라보았다.

머리를 치렁치렁 늘어뜨린 여자가 숲속에 앉아 똥을 싸고 있다가 일어서며 옷을 입는다. 담배를 피우던 세 명의 남자들은 어이없다는 표정으로 여자를 바라본다. 여자가 치렁치렁한 머리를 뒤로 쓸어 넘긴다.

"헉!"

세 명의 남자들은 동시에 놀랐다. 이제 17~18세 정도 되었을까. 너무도 신비스럽고 예쁜 여학생이 아닌가. 교복을 입은 여학생. 가슴에는 명찰이 달려 있다. 명찰에는 윤혜영이라 쓰여 있다.

"야! 너희들 왜 여기서 담배를 피우고 지랄이야? 담배 냄새 때문에 똥을 못 싸잖아."

여학생이 숲속에 놔뒀던 배낭을 메고 천천히 걸어오며 한마디 했다.

"미친년! 왜 여기서 똥을 싸?"

청바지를 입은 20대 남자가 어이없다는 투로 말했다.

"뭐? 미친년? 너 이리 와!"

여학생이 방금 욕을 한 20대 남자를 노려보며 손가락을 까닥거린다.

"아니, 이년이."

20대 남자는 주먹을 쥐고 여학생에게 다가간다.

휘잉. 바람이 불듯 여학생이 마치 나비처럼 날아 20대 남자의 복부를 발로 찬다.

"큭."

비명을 지르며 20대 남자가 앞으로 꼬꾸라졌다. 꼬꾸라진 남자는 부들부들 떨다가 그대로 축 늘어졌다.

"빙신 새끼. 한 방도 못 견디고 뒈질 놈이 누구에게 욕질이야."

여학생은 발로 늘어진 남자 옆구리를 걷어찬다.

"너희 두 놈. 이리 와!"

여학생은 다시 두 사람을 향해 손가락을 까닥인다.

"이년이!"

두 남자는 동시에 여학생을 향해 주먹을 휘두른다.

"또라이 새끼들. 그런 굼벵이로 누굴 치겠다고."

여학생이 욕을 내뱉으며 남자들의 주먹을 살랑살랑 피하고 있었다.

"내가 똥을 못 싸게 한 대가는 치러야지."

여학생이 비웃는 말투로 한마디 하고 두 남자의 복부를 동시에 번개같이 발로 걷어찼다. 두 남자는 비명도 못 지르고 앞으로 꼬꾸라진다.

"이것들이 벌써 뒈졌나?"

두 남자를 발로 걷어차며 혼자 중얼거리던 여학생이 눈을 반짝인다. 땅바닥에 떨어져서 연기를 피우고 있는 담배를 본 것이다.

"이런 산속에서 담배를 피우면 불난다고. 교육을 시켜줘야겠네. 이건 너희들이 피우던 담배니깐 너희들이 꺼야지."

여학생이 쪼그리고 앉아서 떨어진 담배를 주워들고 쓰러진 남자들 입에 거꾸로 집어넣는다.

"으악, 뜨거워."

남자들은 비명을 지르며 하나씩 정신을 차렸다.

"헤헤… 뭐든 자신이 저지른 일은 자신이 끝까지 책임져야지."

여학생이 묘한 웃음을 짓는다. 겨우 정신을 차린 세 명은 일어날 힘도 없어서 여학생을 바라보고만 있었다.

'너무도 신비롭고 아름답다.'

세 명의 남자들이 공통적으로 느끼는 생각이다.

"내가 하루에 가장 소중하게 생각하는 시간 중에 하나가 똥을 싸는 일이야. 그런데 너희들이 담배 냄새를 피워서 내 소중한 시간을 방해했으니 그 책임을 져야지?"

여학생이 세 명의 남자들을 바라보며 말했다. 세 명의 남자들은 대꾸할 힘도 없었다.

"아! 그렇지! 너희들은 지금 대답할 힘도 없을 거야. 그냥 눈을 껌뻑거려. 책임져야지?"

여학생이 다시 물었다. 세 남자는 눈을 껌뻑거렸다.

"좋아! 자신의 잘못을 뉘우치고 책임을 지겠다고 하니깐 이 누님이 살려는 줄게. 대신 한 손으로 코를 막고, 눈을 감고 입을 벌린다. 만약 눈을 뜨거나 코를 막은 손을 놓거나 하면 바로 죽인다. 자! 그럼 시작."

여학생이 배시시 웃으며 말했다. 세 명의 남자는 여학생이 시키는 대로 한 손으로 코를 막고 눈을 감고 입을 벌렸다. 여학생은 자신이 똥을 싸던 곳으로 가서 풀잎으로 똥을 담아 가지고 와서 남자들 입에 넣어준다.

"맛있게 먹어! 담배보단 몸에 좋은 것이야."

여학생은 말을 마치고 마치 나비처럼 가볍게 숲속으로 사라졌다.

"으악! 더러워!"

"퉤! 이건 똥이잖아."

"으악, 퉤."

세 남자는 여학생이 사라지고 난 뒤에 자신들의 입에 들어간 것이 똥이란 것을 알고 비명을 지르며 토하고 있었다.

"형님들 뭐 하시는 것입니까?"

준영이 다가오며 묻는다.

"저 새끼가 하필 이럴 때 나타나고 지랄이야."

세 명의 남자들은 일어날 힘도 없어서 누워 있는 자세로 창피한 장면을 다 본 준영을 무섭게 노려보고 있었다.

"어떤 여학생이 여기서 뭘 갖다가 형님들에게 먹이던데."

준영이 여학생이 똥 싸던 곳으로 걸어가며 중얼거린다.

"안 돼! 가지 마!"

세 명의 남자들은 동시에 외쳤지만 이미 준영은 여학생이 똥을 싸던 장소에 도착해 있었다.

"으악! 이건 똥이잖아. 그럼 형님들에게 여학생이 똥을 먹였던 말이에요?"

준영이 황당하다는 표정으로 세 명의 남자들을 본다.

"야! 준영아! 이리 와봐."

청바지를 입은 20대 남자가 힘겹게 말했다.

"왜요?"

준영이 비실비실 걸어서 다가왔다.

"만약에 오늘 있었던 일을 누구에게라도 말하면 넌 죽는다."

청바지를 입은 남자가 협박을 한다.

"알았어요."

준영이 대답했다.

"그 여학생이 너희 학교 학생이냐?"

고등학생복을 입은 남자가 물었다.

"아니요."

준영은 고개를 흔들었다.

"그래? 그럼 가봐. 오늘 일 절대 비밀인 것 알지?"

제일 나이가 많은 남자가 말했다.

"저… 오늘 겨우 3만 원밖에."

준영이 겨우 기기까지 말을 했을 때다.

"됐으니 그냥 가."

청바지를 입은 20대 남자가 얼른 말했다.

"네! 그럼."

준영은 꾸벅 인사를 하고 천천히 걸어서 갔다.

* * *

휘잉.

바람이 부는가 싶더니 준영이 앞에 여학생이 나타났다. 방금 그 무서운 형들을 모두 제압하고 똥까지 먹인 그 여학생인 것을 알고 준영은 자기도 모르게 주춤 물러났다.

"너! 이름이 준영이지?"

여학생이 준영을 빤히 보며 물었다.

"네! 아니, 응!"

준영이 대답했다.

"흠…! 좋아! 너로 정했어."

여학생이 준영을 손가락으로 가리키며 말했다.

"뭘? 무엇을?"

준영이 다시 한 걸음 물러서며 물었다.

"졸 말이야. 난 세상에 처음 나왔거든. 내 심부름을 해줄 졸이 필요해. 너 이제부터 내 부하가 되는 거야."

여학생이 배시시 웃으며 말했다.

"무슨 소리야? 졸이라니? 내가 왜?"

준영이 다시 두 걸음 더 물러서며 물었다.

"너를 구해줬잖아. 오늘 그 나쁜 담배들에게 맞을 것을 구해줬잖아. 그러니 내가 은인이지?"

여학생이 두 눈을 반짝이며 물었다.

"웅. 그건 맞아! 그렇지만 그렇다 해도 내가 왜 졸을 해야 하는데? 친구라면 모를까."

준영이 여학생을 바라보며 말했다. 준영은 속으로 무척 놀라고 있었다.

'세상에 처음 나왔다고? 정말 신비스럽고 예쁘고 뭐라 형용할 수 없는 아름다움을 지닌 학생이다.'

준영은 그렇게 느끼고 있었다.

"요게 죽으려고? 너 죽을래?"

여학생이 눈을 무섭게 치켜뜨며 주먹을 쥐어 보인다. 준영은 자기도 모르게 몇 걸음 뒤로 물러섰다.

"누구한테 감히 친구래. 앞으로 반말도 하면 죽인다. 졸을 안 한다고 해도 죽인다."

여학생이 눈을 무섭게 뜨고 말했다.

'으… 저 모습은 너무 무섭다.'

준영은 여학생이 갑자기 너무 무섭게 느껴졌다. 도망치고 싶어졌으나 발걸음이 떨어지지 않았다.

"너! 아까 그 담배들이 네가 본 사실을 이야기하면 죽인다고 했지? 내가 소문내줄까? 그럼 넌 그 담배들 손에 죽을걸. 그러니까 곱게 내 졸을 해라. 응?"

여학생이 몇 걸음 다가오며 말했다. 준영이 다시 몇 걸음 뒤로 물러났다.

"흥! 싫단 말이지? 그럼 돌아다니며 소문내놓고 난 그냥 간다. 네가 그 담배들 손에 죽든 말든."

여학생은 그 말을 남기고 휙 돌아섰다.

"어디로 가는데? 아니, 어디로 가는데요?"

준영이 여학생이 떠나려는 것을 붙잡았다. 왜 그렇게 물었는지 준영은 스스로도 놀랐다. 준영은 자기도 모르게 여학생이 떠나는 것을 잡고 싶어졌다.

"내가 세상에 처음 나왔는데 어디가 어딘지 어떻게 알아? 그래서 네가 필요한 것이었고."

여학생은 고개도 돌리지 않고 말을 하며 천천히 걸어간다. 준영도 여학생의 발걸음을 따라 자기도 모르게 같이 움직이고 있었다.

"우리 집에 갈래? 아니, 갈래요?"

준영이 여학생을 따라가며 물었다. 왜 그렇게 물었는지 준영 자신도 스스로 놀랐다.

"너희 집? 그럼 졸이 되겠다는 것이야?"

여학생이 다시 두 눈을 반짝이며 고개를 돌려 준영을 바라보고 물었다.

"알았어요. 대신 졸이니 그런 단어 말고 내가 그냥 누나라고 부를게요. 누나가 시키는 심부름도 뭐든 다 하고."

준영이 얼른 말했다.

"흠…!"

여학생은 잠시 고민을 하는 눈치다.

"누나가 시키는 건 뭐든 다 하면 되잖아요?"

준영이 다시 물었다.

"너 몇 살이야?"

여학생이 물었다.

"전 17살이에요."

준영이 얼른 대답했다.

"생일은?"

여학생이 다시 물었다.

"10월 7일이요."

준영이 대답을 하고 여학생을 바라보았다.

"그럼 다행이네. 내가 누나가 맞아. 난 3월 1일."

여학생이 고개를 끄덕이며 말했다.

"나이는 같은 모양이다."

준영은 그렇게 생각하며 환한 표정을 지었다.

"알았어! 그럼 이제부터 누나라 불러라. 집이 어디라고?"

여학생이 눈을 반짝이며 물었다.

"응. 기차를 타고 가야 해요. 두 역."

준영이 얼른 대답했다. 사실 준영이네 집은 양평 쪽으로 두 역을 가야 하는 시골 동네다.

"그럼 집에 가지 말고. 서울이란 곳에 가자. 누가 말을 하는 것을 들었어. 사람들이 제일 많은 곳이 서울이라고."

여학생이 말했다.

"서울? 거기 가려면 돈이 필요해요. 난 겨우 3만 원이 전부입니다."

준영은 주머니에서 돈을 꺼내 보여주며 말했다.

"돈만 있으면 돼?"

여학생이 물었다.

"네! 돈만 있으면 같이 갈게요."

준영이 얼른 대답했다.

여학생이 배시시 웃으며 등에 짊어진 가방을 내려서 지퍼를 열고 준영에게 보여준다.

"햐! 무슨 돈이 이렇게."

준영은 무척 놀랐다. 여학생의 배낭엔 오만 원권이 가득했다.

"이젠 됐지? 그럼 같이 서울로 가는 거다?"

여학생이 준영을 빤히 바라보며 물었다. 준영은 자기도 모르게 고개를 끄덕거렸다.

"가자!"

여학생이 획 돌아서서 걸어가며 말했다.

"그래도 집에 가서 할머니께 인사는 하고 가야 돼요."

준영이 부모님은 이혼을 했고, 준영이는 할머니 손에 자랐다. 지금은 집에 할머니 혼자 사신다.

"그럼 우선 준영이 너희 집에 가자."

고개도 돌리지 않고 여학생이 말했다.

"알았어요."

준영은 얼른 여학생 뒤를 따랐다.

"누님! 그 옷은?"

준영이 여학생 뒤를 따라가며 물었다.

"무슨 옷? 이거?"

여학생이 돌아서서 자신이 입은 학생복을 손으로 만지며 되물었다.

"네! 왜 그 옷을 입고 있어요? 그 옷은 우리 학교 옷이고. 명찰을 보니 혜영이 교복이 맞는데."

준영이 다시 물었다.

"세상에 처음 나왔다고 했잖아. 입을 옷이 없어서 빨랫줄에 걸려 있는 것을 내가 그냥 입었어."

여학생이 대수롭지 않다는 투로 말했다.

"돈도 많으면서, 사서 입으면 되죠. 그건 돌려주고요. 혜영이도 불쌍한 아이예요. 옷도 그것 하나뿐일 텐데."

준영이 말했다.

"이게 잔소리란 것이지? 너? 한 번만 더 잔소리하면 죽는다."

여학생이 눈을 동그랗게 치뜨며 말했다.

"그래도 돌려줘요. 조금 걸어가면 옷을 파는 곳이 있어요. 거기서 하나 사서 입고요."

준영이 지지 않고 한마디 더 했다.

"흠…! 그곳으로 안내해. 예쁜 옷으로 사서 입어야겠다."

다행히 여학생은 입가에 미소까지 지으며 준영이에게 앞서라는 손짓을 했다. 준영은 앞장서서 걸어갔다.

* * *

기차역 근처 옷가게. 준영은 여학생을 데리고 그곳으로 갔다.

"햐! 옷들이 많네."

여학생은 옷을 만져보고 잡아당겨보고 뒤적거리다가 검은색 트레이닝복을 집어 들었다.

"이게 제일 맘에 든다."

여학생이 옷을 준영에게 줬다.

"이 옷 얼마예요?"

준영이 주인에게 옷을 들어 보이며 물었다.

"3만 원이다."

가게 주인이 말했다. 준영은 주머니에 있던 3만 원을 꺼내 주인에게 준다.

"옷을 갈아입고 가야 해요."

준영은 여학생에게 옷을 입을 곳으로 안내했다. 여학생은 거울 뒤 작은 공간으로 들어갔다.

잠시 시간이 흐르고. 여학생이 나왔다. 머리도 길고 검은색인데 옷까지 검은색이라 온통 검은색 일색의 여학생. 준영은 눈을 뗄 수 없었다.

'햐…! 괴이하고 신비하고 정말 예쁘다.'

준영은 그렇게 느끼고 있었다.

"이 옷은 네가 갖다주고 와."

여학생이 교복을 준영에게 넘겨준다. 준영은 넋을 놓고 여학생을 바라보다가 자기도 모르게 옷을 받았다.

"잠시 기다리세요."

준영은 핸드폰을 꺼내 전화를 걸었다.

"어. 혜영아! 다른 건 묻지 말고. 네 교복 있잖아. 전씨 아주머니 옷가게에 맡겨 놓고 갈게. 기차 시간이 다 돼서."

준영은 혜영에게 전화를 하고 교복을 주인아주머니에게 맡겼다.

"아가씨, 이 옷도 예뻐요. 이거 드릴게. 입으세요."

준영이 없는 사이 50대 아주머니가 모자와 태양 가리개를 쓰고 옷을 하나 사서 여학생에게 준다. 여학생은 고맙다는 인사를 하고 옷을 받았다. 색이 노란 옷이다. 여학생은 옷을 살펴보다가 그 아주머니가 없어진 것을 알았다.

"누님! 이제 기차를 타야 해요. 얼른 가시죠."

준영이 여학생에게 말했다.

"알았어. 가자."

여학생은 잠시 아주머니를 찾다가 준영을 따라나섰다.

* * *

준영이의 전화를 받는 혜영이 옆엔 건장한 남자들 여섯 명이 있었다. 여학생에게 똥 맛을 본 남자 세 명과 30대 남자들 세 명이 더 있었다.

"그러니까 네 옷을 잃어버렸다? 그걸 지금 준영이가 옷가게에 맡기고 간다? 기차를 타려고?"

30대 남자가 혜영이에게 묻고 혜영이는 계속 고개를 끄덕인다.

"가자! 옷가게로. 그년을 찾아야지."

30대 남자는 혜영을 데리고 승용차로 갔다.

곧바로 옷가게로 온 혜영은 자신의 교복을 찾았다.

"아주머니! 준영이가 어떤 여자랑 왔지요?"

30대 남자는 가게 주인에게 묻는다.

"그렇다니까. 정말 괴이하고 아리따운 소녀였어."

가게 주인은 아직도 신비한 듯 감상에 젖은 모습이다.

"어디로 간다고 했어요?"

30대 남자가 다시 물었다.

"준영이네 집에 갔다가 서울 간다고 하던데."

가게 주인이 대답했다.

"서울? 그년이 서울 가면 더 찾기 어려울 것이야. 준영이네 집으로 가자. 서울로 도망가기 전에."

30대 남자가 큰 소리로 말하며 먼저 승용차에 올라탔다. 남자들은 혜영이를 놔두고 모두 승용차에 올라타고 서둘러 떠났다.

혜영이는 얼른 핸드폰을 꺼내 준영에게 전화를 걸었다.

"준영아! 이상한 남자들이 너를 찾아서 너희 집으로 간다고 방금 떠났어. 무슨 일이니?"

혜영이 전화로 다급히 물었다.

* * *

지평역. 이미 준영과 여학생은 지평역에 내려서 걷고 있었다.

"누님을 쫓아온다는데요?"

준영은 여학생에게 어쩔 것이냐고 물었다.

"어? 그 담배들이? 많이 데리고 온대?"

여학생이 호기심을 갖고 되물었다.

"네! 모두 여섯 명이라는데요."

준영이 얼른 대답했다.

"기차가 재미있어? 아니면 승용차가 더 좋아?"

여학생이 준영에게 물었다.

"무슨 소리예요?"

준영이 되물었다.

"서울 갈 때 타고 가야 할 것 아니야. 뭘 타고 가는 것이 좋겠
냐고 묻잖아."

여학생이 말했다.

"아! 그거야 당연히 승용차가 좋죠."

준영이 대답했다.

"그렇지. 그래서 승용차를 기다리고 있었어. 졸도 하나 필요하
고. 쓸 만한 졸이 생기면 넌 놔줄게."

여학생이 말했다.

"무슨 소리인지 이해가 안 돼요."

준영이 말했다.

"일단 얼른 너희 집에 가자."

여학생이 서두르자는 손짓을 했다. 준영은 얼른 앞장서서 걸었다.

'나를 놔준다고? 그럼 지금 쫓아오는 그 무서운 형들을 졸로 삼아 데리고 다닌다는 뜻인가? 그게 가능하다고 생각하나? 놔주면 나에겐 좋은 것인데 왜 갑자기 서운한 생각이 들지.'

준영은 힐끗 고개를 돌려 여학생을 보며 혼자 그렇게 생각했다.

'그러고 보니 아직 이름도 물어보지 못했네.'

준영은 그렇게 생각하고 용기를 내어 걸음을 멈추고 여학생을 바라보았다.

"왜? 무슨 할 말이 있어?"

여학생이 준영을 보고 걸음을 멈추며 물었다.

"누님 이름이 뭐예요?"

준영이 물었다.

"빨리도 물어본다."

여학생이 말했다.

"그, 그게…"

준영이 말을 더듬으며 손으로 머리를 긁적인다.

"이 누님 이름은 새벽."

여학생이 말했다.

"엥? 새벽? 무슨 이름이 그래요?"

준영이 믿을 수 없다는 표정으로 물었다.

"새벽은 신비하잖아. 괴이하고 아름답고. 그래서 방금 그렇게 지었어. 내 이름을. 어때?"

여학생이 말했다.

"네에? 방금 지었다고요? 그럼 지금까지 이름도 없었다고요?"

준영은 믿을 수 없다는 표정으로 다시 물었다.

"큭큭… 농담이고, 호적에 이름이 그래. 오새벽. 엄마는 늘 요녀라고 불렀어."

여학생, 아니 새벽이 말했다.

"네에? 요녀요? 엄마가 왜?"

준영이 다시 물었다.

"같은 뜻이야. 새벽도 괴이하고, 신비롭고, 아름답고. 요녀도 그렇잖아. 같은 뜻이지. 그래서 엄마는 늘 요녀라 불렀어."

새벽이 입가에 미소를 머금고 말했다.

"네…! 그럼 엄마는요?"

준영이 다시 물었다.

"엄마? 흠…! 엄마 이야기는 하고 싶지 않아."

새벽이 더 이상 엄마에 대해서는 이야기를 하고 싶지 않은 모양이다. 준영은 다시 몸을 돌려 걸어가기 시작했다.

* * *

준영이 할머니에게 인사를 하고 새벽을 따라 서울 갔다가 온다며 막 집을 나서는데 검은색 승용차가 도착했다. 승용차에선 여섯 명의 건장한 남자들이 내렸다. 바로 혜영이를 데리고 옷가게까지 갔던 그 남자들이다. 준영이 아는 남자들은 세 명. 나머지 30대 남자들은 준영도 처음 본다.

"흐흐… 제때 도착했군!"

30대 남자가 승용차에서 내려 새벽을 바라보며 징그럽게 웃는다.

"큭큭… 맞아. 제때 잘 도착했네."

새벽이 같이 웃는다.

"조용히 따라와."

새벽이는 여섯 명의 남자들에게 한마디 하고 앞장서서 걸었다. 남자들은 준영이도 데리고 새벽이를 따라 걸었다. 조용하고 한적한 곳에 도착한 새벽이가 걸음을 멈추고 몸을 돌린다.

"내가 세상 구경을 하려고 말이야. 졸이 필요하거든. 차도 필요하고. 누가 운전을 할래?"

새벽이 두 손을 뒷짐 지고 여섯 명의 남자들을 바라보며 물었다.

"이기 진짜 미친년이네."

30대 남자가 어이없다는 표정을 지으며 말했다.

"넌 주둥이가 더러우니 필요 없고. 이리 와!"

방금 말을 한 남자를 향해 새벽이 손가락을 까닥인다.

"뭐라? 이년이."

30대 남자는 욕을 하면서도 앞으로 나서질 못하고 있었다. 이미 세 명의 남자들에게 들은 것이 있으니 함부로 나서진 못하는 것이다.

"빙신 새끼."

새벽이 입에서 욕이 나오나 싶더니, 한 마리 나비인가, 팔랑팔랑 움직이나 싶더니 새벽이의 오른발이 그대로 30대 남자 복부에 박혀버렸다.

"큭."

짧은 비명을 지르며 30대 남자는 그대로 앞으로 엎어져 꼼짝을 안 했다.

"허섭스레기들이 누구에게 욕지거리야? 잘 들어. 이 요녀 누님이 세상에 나온 기념으로 정말 다 죽일 수도 있어. 어차피 담배들이란 세상에 없는 것이 더 좋을 수도 있으니 말이야. 그런데… 난 반드시 졸이 필요해. 그러니 이렇게 하자. 너희 남은 5명이 동시에 덤벼라. 내가 딱 한 방씩만 때릴게. 한 방씩 맞고 가장 먼저 일어난 사람을 졸로 삼을게."

새벽이 말을 하는데 갑자기 그 모습이 너무도 무섭게 변해 있었다. 준영이 역시 새벽이의 그렇게 무서운 모습은 처음 본다.

다섯 명의 남자들은 서로 눈짓을 하다가 동시에 새벽이를 공격했다.

팔랑팔랑. 새벽이의 모습은 검은 호랑나비처럼 다섯 명의 남자들 사이를 움직이며 요리조리 피하고 있었다. 한참을 공격하던 다섯 남자들은 동시에 공격을 멈추고 서로 눈짓을 했다. 다섯 명의 남자들은 품속에서 칼을 꺼내 들었다.

"헤헤… 그래야지. 그럼 누님의 공격이 시작된다."

새벽이 웃으며 다시 팔랑팔랑 날아다니기 시작한다.

"으악."

비명이 하나둘 터지며 남자들은 거의 동시에 앞으로 꼬꾸라졌다.

"준영아! 저기 앞에 마트가 있더라. 가서 달달한 마실 것 좀 사 가지고 와."

새벽이 배낭을 열고 오만 원권 하나를 꺼내 준영에게 던졌다.

쌩 소리를 내며 지폐는 그대로 날아 준영이 손바닥에 마치 나비처럼 날아가 앉았다.

"아…! 알았어요."

준영은 이 기막힌 광경에 잠시 정신을 놓고 있다가 대답을 하고 마트를 향해 달려갔다.

"산토끼 토끼야, 어디를 가느냐, 폴짝, 폴짝, 폴짝, 폴짝, 폴짝, 이렇게 뛰면서."

새벽이는 앞으로 꼬꾸라진 남자들 등 위에서 노래를 부르며 폴짝폴짝 뛰어놀기 시작했다.

제일 먼저 맞고 쓰러진 30대 남자는 정신을 차리고 이 장면을 바라보며 놀라움을 금치 못했다.

'저게 사람이냐? 어찌 어린 소녀가 저렇게 강할 수가 있어. 마치 날아다니는 나비 같기도 하고 천사 같기도 하고, 악마 같기도 하고. 저 소녀 정체는 뭘까?'

30대 남자는 정신은 차렸으나 도무지 일어설 수 없었다.

'어떻게 맞았길래 이렇게 힘이 하나도 없지. 일어설 수가 없네.'

30대 남자는 눈만 멀뚱멀뚱 뜨고 있는 산송장 같은 자신을 믿을 수가 없었다.

"폭신폭신. 폭신폭신. 징검다리를 건너서. 어라! 입이 더러운 놈이 먼저 정신을 차렸네. 넌 졸이 될 수 없어. 난 입이 더러운 놈은 싫거든. 그러니 조금 더 있다가 다시 일어나."

남자들 등 위에서 뛰어놀던 새벽이 눈을 뜨고 자신을 바라보는 30대 남자를 발견하고 폴짝 뛰어서 30대 남자 앞에 쪼그리고 앉아 말했다. 30대 남자는 말도 못 하고 새벽이를 바라보는데 새벽이 손가락이 30대 남자 머리를 톡 친다. 어찌 된 일인지 30대 남자는 다시 정신을 잃고 말았다.

"헤헤… 산토끼 토끼야, 어디를 가느냐? 폴짝 폴짝 뛰면서, 폴짝 폴짝 뛰면서."

새벽이는 다시 남자들 등 위에서 노래를 부르며 놀기 시작했다. 음료수를 사 가지고 오다가 그 장면을 본 준영이는 자기도 모르게 제자리에 멈추고 말았다.

'마치 나비 같다. 아니, 선녀인가. 천사인가. 정말 요녀란 별명이 맞네. 괴이하고 신비해.'

준영이 정신을 팔고 서 있는 모습을 새벽이 발견하고 배시시 웃는다.

"이리 하나 던져."

새벽이 말했다.

"어! 알았어!"

준영이 정신을 차리고 오렌지 주스 캔 하나를 새벽이를 향해 던졌다.

"어라! 저리 날아가면 안 되는데."

조준을 잘못해서 엉뚱한 방향으로 날아가는 캔을 보고 준영이 어찌할 바를 몰라 안절부절못했다. 그런데 새벽이 캔을 향해 손을 내밀자 마치 캔은 새벽이 손에 자석이라도 붙은 듯 새벽이의 손으로 빨려 들어갔다. 신비한 장면에 준영은 다시 놀랐다.

"으으으…"

신음 소리가 들리며 30대 남자가 깨어났다. 얼굴이 가장 말끔한 남자였다. 또한 모두에게 대장으로 대접을 받던 남자였다.

"오호! 네가 이 담배들 대장이냐?"

마치 나비처럼 날아서 30대 남자 앞에 쪼그리고 앉아 새벽이 물었다. 30대 남자는 새벽이를 잠깐 바라보다가 주위를 둘러본다.

"그렇습니다."

30대 남자는 이미 사태를 파악하고 자신들의 상대가 아니란 것을 인식하고 존댓말을 사용했다.

"이름이 뭐냐?"

새벽이 다시 물었다.

"장문우입니다."

30대 남자가 공손히 대답했다.

"이제부터 너는 나의 졸이 된다. 운전할 줄 알지?"

새벽이 다시 물었다.

"네! 압니다."

30대 남자는 다시 공손히 대답했다.

"착하네. 이제 일어나야지."

새벽이 손을 뻗어 문우의 등을 두드린다. 그런네 문우는 느낄 수 있었다. 아프던 곳도 사라지고 없던 힘도 다시 되돌아온 것을.

"이놈들은 필요 없으니, 나에게 덤빈 대가는 쥐야지."

새벽이 그들이 떨어뜨린 칼을 하나 주워들고 제일 먼저 쓰러진 30대 남자 곁으로 다가가서 쪼그리고 앉았다.

"무엇을 하시려고요?"

문우가 급히 다가가서 새벽이에게 물었다.

"눈을 없애줄까? 혀를 잘라줄까? 생각 중이야. 욕을 하지 못하게 하려면 혀를 자르는 것이 좋은데. 입을 벌리면 담배 냄새가 날 것 같아서…. 에라! 모르겠다. 다시는 나를 못 보게 만들어야지."

새벽이 칼을 치켜들었다.

"잠시만, 기다리세요."

급히 새벽이에게 달려간 문우는 새벽이 앞에 무릎을 꿇고 엎드려서 새벽이를 바라보았다. 맑고 깨끗한 눈이다. 저런 눈으로 정말 사람들 눈을 저 칼로 찌를 것 같지는 않았다.

"왜? 무슨 할 말이 있느냐?"

자신을 바라보고 묻는 새벽의 모습을 본 문우는 갑자기 온몸이 서늘해졌다. 무서운 눈이었다. 엄청난 공포를 느낄 정도로. 갑자기 왜 이런 모습으로…. 이 소녀의 참모습은 뭘까. 문우는 갑자기 두려움에 휩싸였다.

"그들을 용서해주십시오. 제가 시키는 일은 모두 잘하겠습니다. 부탁드립니다."

문우는 자기도 모르게 애원을 하고 있었다.

"정말이지? 네가 졸 노릇을 잘하겠다는 말?"

새벽이 칼을 내려놓고 문우를 바라보며 물었다. 그 눈은 정말 맑고 깨끗한 천사 같은 눈이었다.

"네! 그들만 용서해주십시오."

문우는 다시 애원했다.

"문우 넌 몇 살이야?"

새벽이 다시 물었다.

"31살입니다."

문우는 공손히 대답했다.

"생일은?"

새벽이 다시 물었다.

"5월 27일입니다."

문우는 다시 공손히 대답했다.

"그럼 내가 누나가 맞아. 난 3월 1일."

새벽이 배시시 웃으며 말했다. 준영은 그 모습을 보며 혼란에 빠졌다. 같은 17살이라서 누나라고 한 것이 아니라 생일이 먼저라서 누나라고 한 것인가. 그럼 나이는?

"네! 그럼 누님이라 부르겠습니다."

문우가 다시 공손히 말했다.

"네가 이놈들 다섯과 싸우면 이겨?"

새벽이 다시 질문을 했다.

"네! 충분히."

문우 말은 사실이었다.

"좋다. 그럼 네가 내 졸이 되는 기념으로 이 담배들은 용서한다. 명심해. 내 앞에서 담배를 피우지 말 것. 몰래 담배를 피워도 담배 냄새를 풍기지 말 것. 시키는 일은 꾸물대지 말고 할 것. 그것만 지키면 내가 문우 너를 죽이는 일은 없을 것이야. 헤헤…."

갑자기 천진난만한 미소로 웃는 새벽이. 그 모습은 그저 귀여운 여동생 같았다. 문우는 그런 새벽이를 자신의 여동생으로 착각을 할 정도로 새벽이에게 깊이 빠져 있었다.

"이놈들 조금 있으면 깨어날 것이야. 서로 마지막 인사는 해야지. 난 저기 그늘에 앉아 뭣 좀 마시고 있을게."

새벽이는 오렌지 주스 캔을 들고 50여 미터 떨어진 소나무

그늘로 걸어가 털썩 앉았다. 준영이 쪼르르 따라와 앞에 앉았다. 준영은 마트에서 사 가지고 온 음료수를 새벽이 앞에 늘어놓았다.

"하나씩 마시기 쉽게 열어놔."

새벽이 자신이 들고 있던 오렌지 주스 캔을 준영이에게 넘겨주며 말했다. 준영은 얼른 캔을 따고 병은 뚜껑을 열어놨다. 새벽이 준영이 따놓은 오렌지 주스 캔을 들고 한 모금 마시더니 입맛을 다시고 있었다. 다시 한 모금 마시더니 갑자기 손을 들어 올리는 시늉을 했다. 바닥에 있던 음료수들이 공중부양을 하듯 허공으로 붕 떠서 쓰러진 남자들에게 날아갔다. 날아간 음료수들은 쓰러진 남자들에게 하나씩 다가가서 입으로 기울어지며 음료수들이 남자들 입으로 흘러들어갔다.

"캑."

남자들은 기침을 하며 하나둘씩 깨어났다.

새벽이는 다시 자신이 들고 있는 음료수를 열심히 마시며 먼 하늘을 바라보고 있었다.

반짝.

준영은 보았다. 새벽이의 슬픈 눈을. 눈가에 이슬이 맺히고 있었다.

'뭔가 슬픈 사정이 있구나.'

준영은 그런 생각을 하며 새벽이를 더욱 마음에 담기 시작했다. 준영이 마음을 아는지 모르는지 새벽이는 홀짝홀짝 음료수만 마시며 하늘을 쳐다보고 있을 뿐이다.

저 앞에선 문우가 열심히 다섯 명의 남자들에게 설명을 하고 있었다. 한참을 설명하던 문우가 혼자 일어나 새벽이에게 걸어왔다.

"누님! 이제 가시지요."

문우는 공손한 자세로 서서 말했다. 새벽이 힐끗 다른 남자들을 보니 나란히 공손한 자세로 서서 새벽이를 향해 인사를 하고 있었다.

"흠…! 잘된 모양이군! 그럼 가자."

새벽이 벌떡 일어섰다.

"저는요?"

준영이 엉거주춤 서서 물었다.

"넌 이제부터 자유다."

새벽이 말했다.

"저도 따라갈래요."

준영이 얼른 말했다.

"오호! 그래? 뭐 하기야 잔심부름할 졸도 필요하지."

새벽이 말을 하면서 문우를 본다. 문우의 의견을 묻는 것이다.

"저는 괜찮습니다."

문우가 얼른 대답했다.

"좋아, 그럼 출발."

새벽이 승용차 있는 곳으로 걸어가기 시작한다. 남자들 다섯
명은 공손히 서서 인사를 하고, 문우는 얼른 뛰어가 승용차 문
을 열고 서 있었다.

요녀의 세상 구경은 그렇게 시작되었다.

요사스러운 도깨비

◆

드르렁, 드르렁.

새벽이는 승용차 뒷좌석에 혼자 누워서 코를 골고 자고 있었다.

"넌 어떻게 저분을 만났어?"

문우가 운전을 하며 옆에 앉은 준영에게 물었다.

"형님들이 돈을 가져오라고 해서 갔다가 만났습니다."

준영은 사실대로 말했다.

"네가 보기엔 어떤 분 같아?"

문우가 다시 물었다.

"글쎄요. 무술을 많이 배운 것 같은데. 잘 모르겠어요."

준영이 고개를 흔들며 대답했다.

"아무리 봐도 이제 겨우 17~18살 같은데 무슨 무술을 배웠기에 그렇게 강하지. 정말 신비해. 너무 신비해."

문우가 혼자 중얼거리듯 말했다.

"어디 가서 소변이나 보고 가자."

언제 깨었는지 새벽이가 하품을 하며 말했다.

"네! 누님! 곧 휴게소에 도착합니다. 출출하신데 식사도 하고 가시지요."

문우가 말했다.

"얼마나 왔어?"

새벽이 다시 물었다.

"이제 반쯤 왔어요. 곧 양평 땅을 벗어납니다."

문우가 얼른 대답했다.

"그래? 그럼 밥을 먹고 가자."

새벽이 말했다. 승용차는 길가 휴게소로 들어갔다.

"야! 화장실이 어디야?"

새벽이 준영에게 물었다. 준영은 두리번거리며 화장실을 찾다가 화장실 안내 팻말을 발견하고 손으로 가리켰다.

"저기 있네요."

준영이 말했다.

"이건 여기 놔두고 가도 되지?"

새벽이 배낭을 승용차 안에다 던져놓으며 물었다.

"제가 메고 있을게요."

준영이 얼른 배낭을 꺼내 등에 메었다.

"그냥 놔둬도 괜찮은데."

문우가 준영이를 보며 말했다.

"여기 가방에 있는 것이 전부 돈이에요."

준영이 작은 소리로 말했다.

"뭐? 전부?"

문우가 놀라는 반응을 보였다. 이미 새벽이는 화장실로 들어
가고 보이지 않았다.

"난 식당에 들어가서 자리 잡고 있을게. 누님 모시고 들어와."

문우가 준영이에게 말을 하고 식당으로 들어갔다.

잠시 시간이 흐르고 새벽이가 화장실에서 나왔다.

"누님! 식사하러 가시죠."

준영이가 새벽이에게 말했다.

"앞장서."

새벽이 한마디 하고 준영이 앞장서서 걷자 따라서 식당으로
들어갔다. 식당 안은 사람들이 제법 많았다.

"여긴 해장국 전문이에요. 누님도 한번 들어보세요."

문우가 새벽이 앞으로 다가와서 말했다.

"어디 앉아?"

새벽이 앉을 자리가 없자 문우에게 물었다.

"자리가 없네요. 잠시 기다리죠."

문우가 얼른 말했다.

새벽이는 천천히 걸어서 혼자 밥을 먹고 있는 식탁 앞자리에 앉았다. 밥을 열심히 먹던 남자가 새벽이를 바라본다. 이제 갓 20대가 되어 보이는 남자였다.

"우린 세 명인데. 혼자시니까 옆의 분과 같이 드세요."

눈까지 찡긋거리며 아양을 떠는 새벽이의 모습에 멍하니 바라만 보던 남자는 먹던 숟가락을 놓았다.

"전 다 먹었습니다. 앉아서 드세요. 너무 아름다우세요."

남자는 자신이 먹던 그릇을 주섬주섬 모아들고 일어섰다.

"고마워요."

눈웃음을 치며 새벽이가 고맙다는 인사를 했다.

"이리 와! 앉아."

새벽이는 문우와 준영이를 불렀다.

"네! 알겠습니다."

문우와 준영이 공손히 대답을 하는 모습에 20대 남자는 물론 주위에 있던 손님들의 시선이 집중됐다.

"시원한 물 좀 떠 와."

새벽이 말했다.

"네! 누님!"

문우가 공손히 대답하고 얼른 일어나 정수기로 달려갔다.

'누님…?'

사람들은 문우와 새벽이를 번갈아 보며 고개를 갸웃했다. 아무리 봐도 문우는 30대로 보이고 새벽이는 겨우 10대 소녀인데 누님이라니. 모든 시선이 새벽이에게 쏠렸다.

"아가씨 나이가 얼마나 돼요?"

궁금증을 참지 못하고 20대 남자가 새벽이에게 물었다.

"나도 몰라. 올해가 몇 년도지?"

새벽이 고개를 살랑살랑 흔들었다.

"올해가 2023년입니다."

20대가 얼른 대답했다.

"흠…! 내가 2006년생이니깐, 17살이네."

새벽이 말했다.

"그런데 저분이 왜 누님이라고 하시는지?"

20대 남자가 다시 물었다. 모든 사람들이 동의한다는 표정으로 고개를 끄덕인다.

"아! 제가 동생입니다."

문우가 얼른 물을 들고 달려와서 말했다.

"에이, 고생을 많이 했구먼. 겉만 늙었어."

사람들은 문우를 애처롭다는 표정으로 바라보며 혀끝을 찬다.

사람들은 하나둘 관심을 거두고 흩어지기 시작했다.

"음…?"

갑자기 새벽이의 시선이 텔레비전 화면에 집중되었다. 텔레비전 화면에서는 뉴스가 나오고 있었다. 갑자기 발생하고 있는 경기 남서부 연쇄살인 사건에 관한 내용이었다.

"저기가 어디야?"

새벽이 텔레비전 화면을 손으로 가리키며 물었다.

"어디요? 연쇄살인 사건이 일어난 곳은 안산, 시흥 쪽입니다만?"

문우가 되물었다.

"아니, 방금 나왔던 사람이 있는 곳 말이야."

새벽이가 짜증을 내며 말했다.

"아! 브리핑하던 경찰 말이군요. 합동수사본부가 안산에 있다고 합니다. 아마 안산경찰서가 맞을 겁니다."

문우가 얼른 대답했다.

"좋아! 밥을 먹고 그곳으로 간다."

새벽이가 말했다.

"네에? 서울 안 가시고요?"

준영이 급히 물었다.

"그래! 저기부터 간다."

새벽이 말했다.

"왜요?"

준영이 다시 물었다.

"햐! 요게 이제 보니 또 잔소리하려고 수작이네."

새벽이가 두 눈을 무섭게 뜨고 준영이를 노려본다. 준영이는
아차 했다. 잘못하면 따라가지도 못하게 할 것이고, 발로 찰 수
도 있다는 생각에 얼른 새벽이 앞에 무릎을 꿇고 앉았다.

"자, 잘못했어요. 다시는 안 그럴게요."

준영이 두 손을 싹싹 비비며 용서를 비는 모습에 흩어졌던 사
람들이 다시 관심을 갖고 하나둘 모이기 시작했다.

"누님! 나중에 혼내시죠. 여긴 시선이 많아서."

조그만 소리로 문우가 새벽에게 말했다.

"알았어! 냉큼 일어나."

새벽이 준영에게 말했다. 준영은 많은 사람들이 바라보자 헤
헤 웃으며 일어나 자리에 앉았다. 때마침 주문한 음식이 나왔다
는 벨이 울렸다. 문우와 준영은 얼른 음식을 받으러 일어섰다.

* * *

안산경찰서. 해 질 무렵 안산경찰서 앞에 도착한 문우는 승용차 뒷좌석에서 잠들어 있던 새벽이를 깨웠다.

"누님! 일어나세요."

문우가 새벽이의 어깨를 손으로 흔들며 작은 목소리로 말했다.

"으응, 나 두고 가지 마."

새벽이는 잠꼬대를 하며 문우의 손을 꼭 잡는다. 문우는 그런 새벽이를 바라보다 깜짝 놀란다. 새벽이의 두 눈에 눈물이 흐르고 있었기 때문이다. 무슨 사연이 있나 보다 하는 생각에 잠시 새벽이가 잡은 손을 뿌리치지 못하고 그대로 있었다.

앙. 갑자기 새벽이가 입을 벌리고 문우 손을 꽉 깨문다.

"윽! 아파요."

문우가 손을 빼려고 하며 말했다.

"엄마! 엄마가 주는 고기는 맛있어."

새벽이는 아직도 꿈속이었다. 아마 엄마가 주는 고기를 먹고 있나 보다. 문우는 아픈 손을 빼지도 못하고 다시 새벽이를 안쓰러운 눈길로 바라보고 있었다. 새벽이가 계속 울고 있기 때문이다. 다시 새벽이가 입을 크게 벌리고 문우 손을 깨물려고 하자 자기도 모르게 문우는 손을 뿌리치고 말았다.

새벽이가 잠에서 깨어 눈을 뜨고 문우를 올려다본다. 세상에 그렇게 맑고 깨끗한 눈을 문우는 처음 보았다.

"어! 다 왔어?"

새벽이가 일어나며 눈을 손으로 닦는다.

"네! 경찰서에 들어가시게요?"

문우가 승용차 문을 열고 공손히 서서 물었다.

"무슨 경찰? 경찰서는 왜 들어가?"

새벽이가 무슨 소리 하냐는 표정으로 오히려 문우에게 묻는다.

"그럼 여긴 왜 오셨어요?"

문우가 다시 물었다.

"음… 텔레비전 화면에 뭔가 보여서 말이야."

새벽이가 승용차 밖으로 나와서 뭔가 찾으려고 두리번거렸다.

"뭐가요?"

준영이 같이 두리번거리며 물었다.

"찾았다."

어느 한 곳에 새벽이의 시선이 머물렀다.

"2층에 있는 당구장이요? 당구 잘 치세요?"

문우가 새벽이의 시선을 따라 바라보니 당구장이 보였다. 그래서 새벽이가 당구를 치려는 생각을 하는 줄로 알고 물었다.

"전부 다. 참 재미있는 건물이야. 1층부터 7층까지."

새벽이가 입맛을 다시며 말했다.

"네에? 1층은 성인 도박장, 2층은 당구장, 3층은 술집, 4층부터는 모텔인데요?"

문우가 고개를 갸웃하며 물었다.

"그러니까 재미있는 건물이지. 그것도 경찰서 앞에."

새벽이가 묘한 미소를 지으며 말했다.

"그런 건물들 서울에도 많아요. 아니, 전국에 널린 것이 그런 건물인데요."

문우가 대수롭지 않다는 투로 말했다.

"바보. 이건 한 사람이 주인이잖아. 잘 봐. 1층부터 7층까지 간판들이 모두 같은 디자인으로 되어 있지?"

새벽이가 손으로 간판들을 가리키며 말했다 문우와 준영이 새벽이 손끝을 따라 바라보니 정말 그랬다.

"이 근방에 CD기 있나 잘 찾아봐."

새벽이가 준영에게 말했다.

"CD기요? 알았어요."

준영이는 얼른 주변을 살펴봤다. 다행히 경찰서 옆에 은행 CD기가 설치되어 있었다.

"저기 있네요."

준영이 손으로 가리켰다.

"흠! 농협 것이네. 그 배낭에 찾아보면 농협 통장 있을 것이야. 가서 그 현금들 몽땅 통장에 넣어놔."

새벽이가 말했다.

"네에? 전부 다요?"

준영이 되물었다.

"햐! 요게 자꾸 말을 두 번씩 시키네."

새벽이가 무섭게 눈을 뜨고 준영이를 노려보자 준영이는 얼른 CD기로 달려갔다.

"오늘 저 건물에서 놀자."

새벽이가 말했다. 순간 문우 얼굴이 붉게 변했다. 자꾸만 모텔 간판이 눈에 들어온다.

"모텔에 가서 방 좀 예약해놓고 와."

새벽이가 말했다.

"알았습니다."

문우는 얼른 모텔로 달려갔다. 새벽이는 혼자 남아서 왔다 갔다 하다가 지나가는 40대 남자에게 다가갔다.

"아저씨!"

새벽이가 40대 남자를 불렀다. 그러나 남자는 듣지 못한 듯 그냥 걸어가고 있었다.

"아잉, 아저씨!"

새벽이가 얼른 40대 남자 팔을 붙들고 아양을 떤다. 40대 남자는 무심한 눈으로 새벽이를 바라본다.

"아저씨! 노름해서 돈을 잃었구나?"

새벽이가 두 눈을 반짝이며 물었다.

"그, 그걸 어떻게?"

40대 남자는 처음으로 관심 있게 새벽이를 본다.

"나는 척 보면 안다. 음…! 한 달 월급을 다 날렸구나?"

새벽이가 다시 묻는다.

"맞아! 어쩌다 보니."

40대 남자는 체념한 표정으로 말했다.

"거기가 어디야? 설마 저긴 아니지?"

새벽이가 손으로 1층 성인 도박장을 가리키며 물었다.

"아니, 저쪽으로 가면 관광호텔이 있는데 그곳에서."

40대 남자는 솔직하게 말했다. 왠지 거짓말을 할 수 없도록 새벽이가 유도하고 있었다.

"흠! 그래? 오늘 재미있는 날이네. 내 졸들 오면 같이 가자. 이 누님이 다 찾아줄게."

새벽이가 대수롭지 않다는 표정으로 말했다. 40대 남자는 나이도 어린 것이 누님 어쩌고 하면 화가 날 만했는데, 왠지 이 소녀를 따라가면 잃어버린 돈을 찾을 수 있을 것 같은 기분이 들었다. 그래서 가만히 소녀 옆에 서 있었다.

문우가 먼저 왔다.

"누님! 좋은 방으로 두 개 예약했습니다."

문우가 말을 하며 40대 남자를 힐끗 본다.

"오! 역시 동생은 예의를 알아. 만약 한 개만 예약했다면 나한 테 죽었을 거야."

새벽이가 미소를 띠며 말했다.

준영이도 돈을 다 입금시키고 왔다.

"누님! 무슨 돈이 이렇게 많아요?"

준영이 통장을 들여다보며 물었다.

"이제 이 아저씨 복수하러 가자."

새벽이가 준영이 물음엔 대답도 않고 40대 남자 팔을 두 손으로 잡고 걸어가기 시작했다.

"네에? 복수요?"

문우가 뒤따라가며 물었으나 새벽이는 대답이 없다. 한참을 걸어서 도착한 관광호텔.

"우아! 여기도 같은 놈이네."

새벽이가 재미있다는 표정으로 말했다.

"뭐가요?"

문우가 물었다.

"잘 봐. 아까 그 7층 건물의 간판 디자인과 글씨체가 같지? 같은 사람이 운영한다는 것이지."

새벽이가 말했다.

"오! 정말 그렇군요."

문우는 다른 건물 간판들을 비교해보며 감탄했다. 새벽이 말이 모두 사실이었기 때문이다.

"이놈 돈이 엄청 많을 거야. 오늘 그 배낭에 가득 채워야지."

새벽이가 즐거운 표정으로 콧노래까지 부르며 관광호텔 도박장으로 걸어갔다.

"미성년자는 그곳에 출입을 할 수 없는데요?"

준영이 얼른 새벽이 뒤를 쫓아가며 말했다.

"아! 넌 미성년자지? 가만있어봐."

새벽이가 주머니에서 볼펜을 꺼내 준영이 얼굴에 뭔가 그림을 그리기 시작했다.

"흠! 됐네."

준영이 얼굴을 보며 스스로 만족하는 표정의 새벽이를 보며 문우가 얼른 준영이 얼굴을 보았다.

"허! 기막히다."

문우가 느끼는 것은 그랬다. 준영이 얼굴이 30대 남자 얼굴로 변해 있었던 것이다.

"신분증은요? 그리고 누님은요?"

문우가 물었다.

"도박에 참여할 것도 아닌데 뭘 그래. 이 아저씨와 나만 참여하면 돼. 너희들은 돈이나 담고, 따라만 다녀."

새벽이가 말을 하며 앞장서서 들어간다.

"누님은 어쩌려고요?"

급히 말을 하며 따라가던 문우는 그 자리에 못이 박힌 듯 서 있고 말았다. 빙글 고개를 돌리는 새벽이 얼굴이 40대 아주머니로 변해 있었기 때문이다.

"누님의 본 모습이에요?"

준영이 기어들어가는 목소리로 물었다.

"그러니깐 누님이지."

새벽이 입가에 미소를 지어 보이고 다시 도박장으로 들어갔다.

"어서 오십시오! 저희 관광호텔 도박장을 찾아주셔서 감사합니다. 이곳에서 신분증을 제시하시고 칩을 교환할 수 있습니다."

입구에서 건장한 남자들이 서서 신분증 검사를 하고 있었다. 새벽의 신분증이 미성년자면 보호를 해야 한다는 생각에 문우가 급히 새벽이 옆으로 가서 섰다. 그런데 새벽이가 주머니에서 신분증을 꺼내 제출하는데, 문우의 두 눈에 사진과 나이가 눈에 들어왔다.

"헉! 정말 누님이었네."

문우는 속으로 무척 놀라고 있었다. 틀림없는 지금의 새벽이 모습의 사진이 있는 신분증에 나이가 39살이었다. 문우보다 8살이나 많았다. 40대 남자와 새벽이의 신분증만 제시를 하고 칩을 교환받아 입장을 했다. 문우와 준영은 그냥 뒤따라 들어갔다.

"카드라고 했지?"

새벽이가 40대 남자에게 물었다.

"네! 맞아요."

40대 남자는 얼른 대답했다.

"우선 아저씨 혼자서 도박에 참가해. 그리고 무조건 끝까지 베팅하고, 절대 중간에 죽지 말고. 시키는 대로 하면 금방 본전 찾을 거야. 본전만 찾으면 손 떼고. 다시는 이런 데 오지 말고. 흠… 예쁜 아내에 딸이 둘이고 아들이 하나구만. 가족을 생각해야지. 알았어? 두 번 다시 하지 마."

새벽이가 40대 남자에게 작은 소리로 말했다.

"어떻게 그걸?"

40대 남자가 놀라는 표정으로 새벽이를 본다.

"다 아는 수가 있다니깐. 애정이 줄줄 흐르는 아내의 냄새에.

귀여운 어린 소녀 냄새에. 사춘기 소녀 냄새까지… 흠…! 그런데 아들 너석 말이야. 잘해야 이제 겨우 고등학생 같은데 담배 냄새에 술 냄새까지 난단 말이야. 아들 교육부터 잘 시켜야겠어. 잘 보듬어주라고."

새벽이가 말했다.

"네! 네! 알겠습니다."

40대 남자는 무척 놀랐다. 정말 새벽이 말이 다 맞았기 때문이다.

"자! 저기 자리가 있네. 가서 앉아."

새벽이가 손으로 자리를 가리켰다. 40대 남자는 고개를 끄덕이며 그 자리에 가서 앉았다. 딜러가 카드를 돌리고 있는데 새벽이 눈이 반짝인다. 40대 남자의 앞에 놓인 카드는 딜러 손을 떠날 땐 분명히 5 스페이드였으나 바닥에 놓일 때는 붉은색 하트로 변하고 있었다. 40대 남자 앞에 놓인 카드는 7 스페이드, 6 다이아, 5와 3 하트가 보였다. 사람들의 레이스가 시작됐다. 숨겨진 카드는 3장. 1번 여자가 쥔 카드는 에이스 포커. 2번 남자가 쥔 카드는 K 3장에 8이 2장. 4번 남자가 쥔 카드는 Q 포커. 모두 숨겨진 카드를 쥐고 있었다. 단 한 방. 새벽이의 지시에 따라 40대 남자는 계속 레이스를 했다. 2번 남자가 가장 먼저 다이를 하고, 끝까지 따라온 1번과 4번은 자신 있게 포커를 내놓았으나 40대 남자는 12345 하트가 나왔다.

단 한 방에 본전을 찾은 40대 남자는 새벽이 눈치를 보며 자리에서 일어나 집으로 돌아갔다. 그 자리에 새벽이가 앉았다.

문우와 준영이 새벽이의 공개 카드를 보니 겨우 3377이다. 그런데 새벽이가 계속 레이스를 하고 있다. 사람들이 따라오다가 하나둘 다이를 하고 새벽이가 승리하고 있었다.

"이상하다. 누님이 그 40대 남자가 도박을 할 때는 뭔가 수를 만든 것 같았는데. 지금은 그냥 즐기는 모습이다."

문우는 그렇게 생각했다. 그런데 조금 앉아서 돈을 따던 새벽이가 도박을 중단하고 일어섰다.

"둘 다 따라와."

새벽이가 준영과 문우에게 따라오라는 손짓을 했다. 새벽이는 도박장을 돌아다니며 돈을 잃고 한숨만 쉬는 사람들에게 아양을 떨며 접근했다.

"오빠야. 돈 많이 잃었구나? 내가 빌려줄게. 따면 반씩 나누자. 응? 아이고. 이 오빠 침은 흘리지 말고."

새벽이가 손으로 남자의 입을 닦아주기까지 하며 아양을 떨자 문우는 눈살을 찌푸렸다.

"잃으면?"

남자는 새벽이를 바라보며 물었다.

"잃으면 그만이지 뭐. 그런데 내가 다 따게 만들어줄게."

나른 사람들이 다 들을 수 있게 큰 소리로 떠드는 바람에 모든 사람들 시선이 집중됐다.

"정말? 잃어도 괜찮아?"

남자가 다시 물었다.

"대신 중간에 다이는 하지 말고. 끝까지 레이스를 해야 돼. 알았지?"

새벽이 다시 큰 소리로 말했다. 남자는 고개를 끄덕였다.

"어디 앉을까? 음… 저기 앉아."

새벽이가 좌석을 발견하고 손으로 가리켰다. 남자는 얼른 걸어가서 그 자리에 앉았다. 사람들이 우르르 몰려와 구경을 하기 시작했다.

"자! 지금부터 이 돈 다 레이스해도 돼."

새벽이가 칩을 몽땅 남자 앞에다 놔준다. 딜러가 카드를 돌리기 시작했다. 남자 앞에는 공개된 카드가 2346. 그림은 각기 달랐다. 레이스가 시작됐다.

"잘해야 고작 23456이겠네."

사람들은 저마다 한마디씩 했다. 거의 들여다보이는 패를 잡고 남자는 레이스를 했고, 다른 사람들도 같이 레이스를 했다. 레이스가 끝나고 1번 남자는 88811을 내놓고, 4번 여자는

KKK33을, 3번 여자는 QQQJJ를 내놓았다. 그런데 새벽이가 도박을 시킨 남자는 2222를 내놓았다.

"한 판으론 양이 안 차지? 한 판 더."

새벽이가 큰 소리로 말했다. 남자는 고개를 끄덕였다. 두 번째 판은 돈을 잃을 것을 염려한 사람들이 중간에 다이를 해서 남자가 55를 들고 승리했다. 약이 오른 사람들이 3번째는 다시 끝까지 따라와서 숨겨진 에이스 포커를 들고 있던 남자가 이겼다.

"세 판 이겼으면 그만 일어나."

새벽이가 말했다. 남자는 새벽이 말을 듣고 일어나 한쪽으로 가서 정말 자신이 그동안 잃었던 본전을 찾고 새벽이에게 고맙다는 인사를 했다.

"오빠도 이젠 장가가야지? 아직까지 혼자가 뭐야?"

새벽이가 배시시 웃으며 말했다.

"내가 장가를 안 갔다는 것을 어찌 알았어요?"

남자는 신비하다는 듯 새벽이를 본다.

"뭐야? 홀애비 냄새가 코를 찌르는데 오빠만 모르지."

새벽이가 남자 옆구리를 손으로 툭 치며 아양을 떨며 말했다.

"고마워요. 성함을 여쭤봐도 되겠어요?"

남자는 공손히 물었다.

"앙. 남들이 요사스런 도깨비라고 해."

새벽이가 이름을 가르쳐주기 싫은 모양이다.

"저기 아가씨! 저도 좀 도와주시면 안돼요?"

40대 아주머니가 다가와서 간절한 표정으로 새벽이를 바라 본다.

"아주머니도 카드를 했어요?"

새벽이가 물었다.

"아니요. 저기 저거."

아주머니는 손으로 어느 한곳을 가리켰다.

"저건 룰렛인데."

문우가 말했다.

"저건 어떻게 하는 건데?"

새벽이가 물었다.

"아! 한 개의 알을 넣고 돌아가는 동안 저기 36개 숫자에 어디 에 그 알이 멈출까 맞추는 게임인데."

문우가 말했다.

"아! 그래? 그것 재미있겠다."

새벽이가 아주머니 손을 잡고 그 곳으로 걸어갔다.

"이 아줌마에게 칩 드려."

새벽이가 문우에게 말했다. 문우가 아주머니에게 칩을 주었다.

"아줌마가 놓고 싶은 곳에 놔."

새벽이가 아주머니에게 눈을 찡긋하며 말했다.

"그럼 요만큼만 7번에."

아줌마는 칩을 한 줌 쥐고 7번에 놨다. 갑자기 사람들이 우르르 몰려와서 7번에 몽땅 칩을 올려놨다. 7번에 올려놓은 칩을 돈으로 환산하면 모두 3,000만 원 정도. 36배 베팅이니 7번에 알이 멈추면 이 도박장에서 손님들에게 지불할 돈이 10억 8천만 원이다. 딜러의 손이 떨렸다. 당연히 많은 사람들이 관심 있게 지켜보고, 윗선으로도 보고가 올라갔다.

룰렛은 힘차게 돌아갔다. 그리고 7번에 정확히 알이 들어갔다.

"우아!"

사람들의 함성이 들리고 더 많은 사람들이 룰렛으로 몰려왔다.

"아줌마! 한 번 더?"

새벽이가 물었다. 아주머니는 고개를 끄덕인다.

"그럼 다시 선택해."

새벽이가 말을 했다. 아주머니는 다시 7번에 칩을 두 주먹 올려놨다. 사람들이 7번에 칩을 더 많이 올려놨다. 이번엔 돈으로 환산하면 7번에 있는 칩이 1억 원이 넘을 것이다. 이번에도 7번에 알이 멈추면 도박장에서는 36억 원이라는 돈을 손님들에게 지불해야 한다. 딜러는 하얗게 질려 손을 부들부들 떨었다. 룰렛은 힘차게 돌았다. 그리고 정확하게 다시 7번에 알이 멈췄다.

"우아아!"

사람들은 환호를 하고, 널러는 어찌할 바를 몰라 울상이 되었다.

"오늘 도박장은 일찍 문을 닫습니다. 손님 여러분, 죄송합니다."

도박장에 방송이 나오며 모든 딜러들이 멈췄다.

"모든 딜러들은 사무실로 들어오세요."

다시 방송이 나오고 딜러들은 한쪽 문으로 들어갔다.

"얼른 가자."

새벽이가 말했다. 문우와 준영은 사태를 파악하고 서둘러 도박장을 나왔다.

"자! 여러분들 그럼 즐거운 시간 되세요. 아! 거기 오빠도 잘 가요. 예쁜 아줌마도 바이바이."

새벽이는 요사스럽게 인사를 하는 것도 잊지 않았다.

"택시를 타. 승용차까지."

새벽이는 뒤따르는 사람들을 보며 서둘러 지나가는 택시를 타고 그곳을 벗어났다.

$$* * *$$

"방금 그 여자 뭐야?"

관광호텔 도박장 사장은 건장한 체구의 남자들을 모아놓고 다그치고 있었다.

"몰라요. 그리고 그 여자는 아무 짓도 안 했어요. 감시카메라를 봐도 전혀 다른 움직임이 없었어요. 이상하게 그냥 들어맞은 것이 아닐까요?"

건장한 체구의 남자 한명이 말했다.

"맞아요! 카드를 할 때도 전혀 다른 움직임이 없었어요. 그냥 운이 좋았던 것 같습니다."

다른 남자가 말했다.

"아무튼 그 여자가 누군지 알아봐. 얼마를 손해 본 것이야? 47억이야. 순식간에 47억이 날아갔어. 10분만 더 놔뒀다간 전 재산이 다 날아갈 뻔했어. 뭐라 그랬지? 자신이?"

사장이 다시 물었다.

"네! 요사스런 도깨비라고 했어요."

"요사스런 도깨비? 정말 요사스럽고 도깨비 같은 여자네. 그 여자 정체가 뭔지 알아봐."

사장은 다시 지시를 했다.

"네! 알겠습니다."

남자들은 일제히 고개를 숙이며 대답했다.

* * *

그 시각에 새벽이는 안산경찰서 앞 7층짜리 건물 앞에 서 있었다.

"바보들. 요사스런 도깨비가 잠깐 놀았다고 이게 끝인 줄 알았어? 오늘 정말 이곳에서 신나게 놀아야지."

새벽이가 중얼거리며 1층 도박장으로 들어갔다.

"여긴 성인 오락실이라고 하지만 전부 도박 기계예요."

문우가 새벽이 뒤를 따라 들어가며 말했다.

"흠…! 기계가 모두 22개네. 동전을 넣고 하는 기계잖아. 이거 돈도 동전으로 나오나?"

새벽이가 문우에게 물었다.

"네! 그럼요. 기계에 있는 동전만 다 나오면 더 이상 안 나와요."

문우가 얼른 대답했다.

"그럼 핸드폰에다가 녹음해. 얼른 따라와서."

새벽이가 눈짓을 하며 문우에게 따라오라고 한다. 문우는 핸드폰을 꺼내 녹음을 시작하며 새벽이를 따라간다.

"여기 기계에서 나오는 동전만 주나요? 아니면 7777 터지면 그 돈 사장 오빠가 현금으로 주나요?"

새벽이가 아양을 떨며 묻는다. 젊은 사장 남자는 대수롭지 않게 대답한다.

"아! 뭐 동전이 모자라면 제가 현금으로 다 지불할게요."

어차피 나오지도 않게 조작해놓은 7777이다. 그러니 자신 있게 대답했다.

"오빠! 그럼 최고 베팅으로 7777 나오면 오빠 얼마나 주나요? 백만 원? 아님 천만 원?"

새벽이가 아양을 떨며 다시 물었다.

"우리 슬롯머신은 한 번에 오천 원이 최고 베팅으로 7777 나오면 음… 그러니까 잠시만 계산해보고요."

사장 남자는 계산기를 두드린다.

"2,500만 원 나옵니다."

사장 남자는 새벽이의 미모를 요리조리 바라보며 침까지 꿀꺽 삼키며 말했다.

"사장 오빠! 돈이 그렇게 많아? 여기 기계가 22개인데 전부

7777이 나오면 어쩌려고?"

새벽이가 다시 아양을 떨며 물었다.

"아! 그건 걱정하지 말고. 다 줄 것이니."

사장 남자가 말했다.

"그럼 오빠가 약속했다?"

새벽이 말을 하고 기계 앞에 가서 앉았다.

"지폐를 넣을 수도 있네. 그럼 지폐도 나오는 것 아니야?"

새벽이가 문우에게 묻는다.

"대부분 지폐는 나오지 않고 미리 넣어둔 바구니 속의 동전만 나오는 것으로 알아요."

문우가 얼른 대답했다.

"헤헤… 그럼 시작해볼까."

새벽이가 지폐를 넣고 5,000원 베팅을 했다. 잘 돌아가던 슬롯머신이 777까지는 그래도 순조롭게 진행되더니 나머지 하나가 마치 못 오게 만들어놓은 듯 힘겹게 겨우 7777이 완성됐다. 슬롯머신에서 축하 노래가 울리며 동전이 쏟아지기 시작했다.

"사장 오빠야! 애걔, 겨우 이게 뭐야? 10만 원도 안 되는데? 현금으로 줘. 2,500만 원."

기계를 보여주며 새벽이가 아양을 떨었다.

"헉! 진짜 7777이네. 어찌 이런 일이. 잠시만."

사장은 어쩔 줄 몰라 당황하고 있는데 사람들이 모두 관심을 가지고 바라본다.

"여기 2,500만 원 찾아 가지고 와. 얼른."

사장은 어디론가 전화를 건다.

"아잉, 오빠야! 더 찾아 가지고 오라고 해. 한 2억쯤."

새벽이가 아양을 떨며 말했다. 사장은 마치 넋이 나간 사람처럼 새벽이를 보고 서 있다.

"또 7777이 나오면 돈 찾으러 또 가야 하니깐 한 번에 많이 찾아놔야지. 안 그래? 오빠 귀찮을까 봐."

새벽이가 다시 아양을 떤다. 많은 사람들이 그런 새벽이를 부럽게, 또는 신비하다는 표정으로 바라본다.

"준영이 가서 시원한 음료수를 사 와."

새벽이가 준영이에게 심부름을 시킨다. 준영이는 얼른 밖으로 달려 나갔다.

"사장 오빠! 오만 원짜리로 찾아오라고 해."

다시 눈을 찡긋하고 다른 기계에 가서 앉는다. 500원씩 베팅을 하며 장난을 하고 앉아 있는 새벽이. 그런 새벽이에게 문우가 무엇을 하느냐고 눈으로 묻는다.

"돈을 찾아 올 때까지 기다리는 중이야. 돈부터 받고 다시 해야지. 한 번에 다 하면 안 줄 것 아니야. 히히…."

새벽이가 말을 하고 웃는다. 문우에게는 그런 새벽이가 정말 도박의 전문가 같았다.

잠시 후 건장한 체구의 40대 남자가 돈 봉투를 들고 들어왔다. 사장은 그 돈 봉투를 새벽이에게 줬다.

"2,500만 원입니다."

사장은 돈을 새벽이에게 주며 다시 새벽이 얼굴을 찬찬히 살펴본다. 그리고 묘한 미소까지 지으며 돌아갔다.

"바보. 모든 것이 자기 뜻대로 돌아갈 줄 알고."

새벽이가 혼자 중얼거린다.

"네? 뭐라고요?"

문우가 작은 소리로 물었다.

"사장 말이야. 엉큼한 생각을 하고 있어서 말이야."

새벽이가 비웃음을 흘리며 다시 슬롯머신을 잡아당긴다. 5,000원 베팅이다. 그리고 어김없이 터지는 7777.

"야호! 오늘 정말 운이 좋네. 사장 오빠야! 또 7777이다. 2,500만 원 더 찾아 와."

새벽이가 큰 소리로 말했다.

우르르 달려온 손님들과 사장, 그리고 돈을 찾아 들고 온 그 덩치 큰 남자까지. 표정들은 각각 다르지만 시선은 모두 새벽이와 슬롯머신에 꽂혀 있다.

"사장 오빠! 얼른 돈 줘야지."

새벽이가 말을 하자 정신이 번쩍 든 사장은 덩치 큰 남자에게 눈짓을 했다. 덩치 큰 남자는 다시 밖으로 나갔다.

"햐! 이런 운이. 이 아가씨 정말 운이 좋네."

사람들이 술렁거리자 사장이 큰 소리로 한마디 하고 자리로 돌아갔다.

"정말 아가씨 운이 좋네요. 부럽다."

30대 여자가 부러운 눈으로 새벽이를 바라본다. 새벽이가 그 여자 귀에다 입을 대고 뭐라고 속삭인다. 여자는 믿을 수 없다 는 눈으로 새벽이를 바라보다가 결심을 한 듯 슬롯머신 앞에 가 서 앉는다. 그리고 다시 새벽이를 바라본다. 새벽이가 고개를 끄덕이자 5,000원 베팅을 하며 힘껏 잡아당겼다. 스르륵 돌아가 는 슬롯머신. 그리고 멈추는 그 화면은 7777.

"우아! 나도 7777이다."

30대 여자는 눈에서 눈물까지 펑펑 흘리며 좋아했다. 그리고 새벽이를 보며 고개를 숙여 인사를 했다.

40대 남자 하나가 음료수를 하나 들고 새벽이에게 다가와서 음료수를 내밀었다.

"저도 좀 어떻게 안 될까요?"

작은 소리로 40대 남자는 새벽이에게 애원을 했다.

"어머! 이 오빠가 치근덕대긴."

호들갑을 떨던 새벽이가 40대 남자 귀에다 뭐라고 속삭인다. 아주 잠깐이라 사람들이 눈치채지 못했지만 문우는 똑똑히 들었다.

"가서 자리에 앉아 5,000원 베팅하고 왼손으로 잡아당기세요."

새벽이가 40대 남자 귀에다 속삭인 말은 그랬다.

40대 남자는 얼른 자리에 앉아서 5,000원 베팅을 하고 왼손으로 힘껏 잡아당겼다. 역시 슬롯머신이 돌아가다가 7777에 멈췄다.

"으앙, 나도 7777이다."

40대 남자는 울음을 터뜨렸다. 그리고 살짝 새벽이를 바라보며 고맙다는 표시를 했다.

눈치 빠른 사람들이 하나둘 남들 모르게 새벽이에게 접근해서 용돈까지 들고 와서 도움을 요청했고, 그럴 때마다 그들은 7777이 터졌다. 황당한 결과에 사장은 어찌할 바를 몰랐고, 새벽이는 5,000만 원을 받아 준영이가 메고 있는 배낭에 돈을 담고 도박장을 나와 2층으로 올라갔다.

도박장 주인은 난리가 났다. 7777을 터뜨린 사람은 모두 11명. 가게 안은 그야말로 혼돈 그 자체였다.

"아까 그 아가씨에게 2,500만 원씩 주기로 한 것을 우린 알고 있으니 우리도 그 돈 주시오."

모두들 한 목소리로 손을 내밀며 말했다.

"그년 어디로 갔어?"

덩치 큰 남자 세 명이 와서 사장에게 물었다.

"2층 당구장으로 들어갔어요."

사장은 울상이 되어 있었다.

"당구장이라! 제대로 걸렸군! 영호 형님에게 전화 걸어. 여기서 잃은 돈을 내기 당구로 찾는다. 그리고 껍질까지 다 벗겨버린다. 얼굴이 반반하다니까, 팔면 그 값은 나오겠지."

덩치 큰 남자는 사악하게 웃었다.

"다른 데로 도망 못 치게 올라가서 잡고 있어. 그년이 회장님 사업장까지 망친 그년이라고 하니 오늘 얼마를 손해 본 것이야. 그년 때문에 회장님이 47억, 이곳이 3억."

덩치 큰 남자는 두 주먹을 불끈 쥔다. 주먹이 새벽이 머리통만 하다.

덩치 큰 남자 둘이 급히 2층으로 올라갔다. 2층에선 새벽이가 문우와 당구를 치고 있었다.

"오호! 잘 치는데."

새벽이가 문우가 치는 모습을 보며 칭찬했다. 문우는 새벽이의 칭찬에 기분이 좋아졌다. 그래서 더욱 신경을 써서 당구를 쳤나. 반면 새벽이는 당구가 처음이다. 완전 초보다. 그런 모습을 본 덩치 큰 남자들은 문을 막고 서서 자기들끼리 속삭이며 즐거워하고 있었다.

잠시 후 50대 남자 두 명이 들어왔다. 도박장에 있던 덩치 큰 남자도 같이 들어왔다.

"아가씨! 도박에서는 우리가 완전히 두 손을 들었다오. 내기 당구는 어때요? 한번 해보시겠어요?"

덩치 큰 남자가 반 협박조로 말했다.

"아, 알았어요. 이 오빠가 왜 이래? 무섭게. 하면 될 것 아니에요. 얼마 내기예요?"

새벽이가 겁에 질린 표정으로 뒷걸음질까지 하며 말했다.

"이게 10억이다."

덩치 큰 남자가 돈 가방을 열어 보이며 말했다.

"전… 현재 있는 돈이 겨우 3억 원이 전부인데요?"

그랬다. 관광호텔과 이곳 도박장에서 딴 돈이 전부 해야 3억이었다.

"나머진 네 몸을 걸어라!"

덩치 큰 남자가 무섭게 노려보며 협박을 했다.

"아, 알았어요. 하면 될 것 아니에요."

새벽이가 겁에 질린 표정으로 대답하자 덩치 큰 남자들은 하얗게 웃었다.

"이년은 완전 초보던데. 괜히 형님들을 오시라고 했나 봅니다."

50대 남자에게 덩치 큰 남자가 작은 소리로 말했다.

"빨리 끝내자."

50대 남자가 입가에 미소를 띠며 말했다.

"3쿠션으로 500점 먼저 내는 사람이 이기는 것이다."

다른 50대 남자가 말을 하자 다른 50대 남자는 얼른 입을 막으려 했다. 얼른 끝내려고 100점 정도 내기로 하고 싶었는데 500점이라니. 말도 안 된다고 하고 싶었지만 이미 정해진 규칙은 어쩔 수 없었다.

"만약에 제가 안 하겠다고 하면?"

새벽이가 덩치 큰 남자에게 물었다.

"그럼 넌 그냥 여기서 죽인다."

덩치 큰 남자가 품에서 칼을 꺼내 보이며 말했다.

"아, 알았어요. 할게요."

새벽이는 겁먹은 표정으로 대답했다.

"문우는 가서 빵하고 콜라 좀 사 와. 배고프다."

새벽이가 문우를 보고 말했다.

"알았어요."

문우가 얼른 대답하고 밖으로 나가려고 하니 덩치 큰 남자들 둘이 막아선다.

"아! 그냥 나가게 해. 어차피 이 아가씨만 필요하니깐."

덩치 큰 남자가 말했다. 문을 지키던 남자들이 비켜주자 문우는 밖으로 나갔다.

"그럼 시작하시죠."

새벽이가 50대 남자 둘을 보고 말했다.

"3명이 하는 것이니 돈은 1등이 다 갖기로 하고. 2등은 그냥 본전. 3등만 돈을 잃는 것이지. 이해를 했나?"

50대 남자가 새벽이를 보고 말했다.

"알겠습니다."

새벽이가 대답했다. 순서를 정하니 50대 남자가 첫 번째, 그리고 새벽이가 두 번째, 다른 50대 남자가 마지막의 순서가 됐다.

첫 번째 남자는 3쿠션을 무려 6번이나 쳤다. 새벽이는 한 번도 못 쳤다. 두 번째 남자는 5번을 쳤다. 그들은 정말 당구의 고수들이었다. 그러나 그들이 정한 500점, 그 점수를 마치려면 아직 멀었다.

두 50대 남자들이 50점 이상 올릴 때까지 새벽이는 단 한 점도 못 냈다. 덩치 큰 남자들은 입가에 비웃음이 가득했다.

문우가 빵과 콜라를 사서 들고 들어왔다.

"아, 배고파서 혼났네."

새벽이가 허겁지겁 빵과 콜라를 먹는다.

덩치 큰 남자들 입가에 비웃음이 가득했다.

"저년 나이는 30대 후반인데 참 예쁘게 생겼어. 몸값이 꽤 나가겠어. 먹는 것도 잘 처먹네."

덩치 큰 남자가 작은 소리로 옆의 남자들에게 말했다.

새벽이 차례가 되었다. 그런데 보라, 지금까지 단 한 번도 못치던 3쿠션을 끝도 없이 치고 있었다. 마치 공이 살아서 움직이듯 신기하게 잘 맞았다. 단 한 번에 그 어려운 500점을 다 치고 생긋 웃는 새벽이. 50대 남자들 둘은 그냥 넋이 빠진 표정이고, 덩치 큰 남자들은 자기들끼리 소근대다가 한 남자가 어디론가 급히 갔다.

"이제 자야지. 졸려."

새벽이는 돈 가방을 들고 준영이가 메고 있는 배낭에 돈을 다 부어버렸다.

"가자! 3층으로."

새벽이가 앞장서서 3층으로 올라갔다. 50대 남자들도 덩치 큰 남자들도 멍하니 서서 바라만 볼 뿐이었다.

"3층은 술집인데요?"

준영이가 물었다.

"아! 문우도 술 한잔하고, 요리도 나오니깐 너와 난 요리를 먹고. 배고프잖아."

새벽이가 말했다.

"음식점보다 비싸요."

준영이가 말했다.

"비싸도 10억보다 비쌀까? 방금 10억 벌었잖아."

새벽이가 별것 아니라는 투로 말했다.

3

괴이한 그림자

◆

"괜찮을까요?"

문우가 물었다.

"저기 덩치 큰 남자 몸에선 많은 여성들 냄새가 나더라. 피 냄새도 함께. 그러나 진짜 범인은 아니야. 그냥 심부름꾼. 누군가 시킨 뒷정리를 한 것 같아."

새벽이가 말했다.

"무슨 소리예요?"

문우가 조용히 물었다.

"그럼 내가 그냥 돈이나 따려고 장난하는 것 같아? 이곳에 왜 왔어? 그 살인범 잡으려고 왔잖아? 놀러 온 줄 알았어?"

새벽이가 말했다.

"그, 그럼 연쇄살인범 잡으려고요?"

문우가 놀란 표정으로 다시 물었다.

"맞아! 내가 세상에 나온 신고를 해야지. 아주 널리널리. 그래서 그놈을 잡아보려고."

새벽이가 배시시 웃는다.

"어서 오세요. 이리 오세요."

화장품 냄새가 진하게 나는 30대 여자가 룸으로 안내를 했다.

"조용한 곳으로 다시 안내를 해."

새벽이가 30대 여자에게 말했다.

"이곳도 조용한데. 그럼 이쪽으로 오세요."

30대 여자는 새벽이 일행을 다른 룸으로 안내했다. 조용한 창가 룸이었다. 소파도 좋고, 아마 VIP 룸 같았다.

"메뉴를 갖고 오세요."

문우가 말했다. 30대 여자는 메뉴판을 가지고 왔다.

"고기가 먹고 싶네."

새벽이가 말했다.

"양고기 스테이크가 있네요."

문우가 메뉴판을 새벽이 앞에 펼쳐놓는다.

"캑."

준영이 메뉴판을 보다가 깜짝 놀란다. 금액이 너무 비싸기 때문이다.

"그럼 양고기 스테이크 3개, 과일 안주와 50년산 이 술하고 줘요."

새벽이가 주문을 했다. 준영이 계산을 해보니 금액만 500만 원이 넘었다. 밥 한 끼에 500만 원. 준영이로서는 생각도 못 했던 큰 금액이다. 문우는 말없이 새벽이 얼굴만 바라본다.

"왜? 내 얼굴에 뭐가 묻었어?"

새벽이가 문우 눈길을 의식하고 물었다.

"이상해요. 처음에 근육을 움직여서 변했을 때는 분명히 30 대 후반이었는데, 이젠 많이 젊어졌어요. 그런데 정말 39살이에요?"

문우가 의아한 표정으로 물었다.

"아! 신분증? 그거 우리 엄마 거야. 우리 엄마가 39살. 얼굴도 나랑 똑같아서. 나이가 계속 젊어지는 것은 근육이 자꾸 풀리니까 그래. 이제 1시간 지나면 다 풀릴 것이야."

새벽이가 말을 하고 살짝 웃는다.

"처음 보는 것이에요. 그런 기술은 어디서 배웠어요?"

문우가 다시 물었다.

"배워? 배우긴 뭘. 다 내가 스스로 연구해서 만든 것이야. 난 뭐든 한 번 보면 다 할 수 있어. 당구도 오늘 처음인데 잘했잖아?"

새벽이가 별것 아니란 투로 말했지만 문우로서는 이해를 할 수 없었다. 분명히 눈으로 보긴 했는데, 당구를 그렇게 잘 치는 사람이 어디 있겠어. 도박은 또 어떻고. 문우는 정말 신비한 소녀라고 생각했다.

* * *

2층의 50대 남자들도 아직까지 정신을 차리지 못하고 넋이 나간 표정으로 서 있었다.

"세상에 그런 사람이 있을 줄은 정말 몰랐네. 어찌 그럴 수가. 분명 처음엔 완전 초보였어. 그러나 우리가 몇 번 치는 것을 보더니 그렇게 신들린 듯 당구를 치는 사람은 처음이야. 아마 지구상에서 가장 잘 치는 사람이라고 해도 과언이 아닐걸."

50대 남자 하나가 말했다.

"맞아! 이게 꿈은 아니지. 저런 사람을 데리고 국제 대회에 나가면 항상 1등을 하겠지?"

다른 50대 남자도 말했다.

"형님들, 아무튼 수고하셨어요. 들어가세요."

덩치 큰 남자들이 인사를 하고 떠나가도 50대 남자 둘은 멍하
니 서 있었다.

* * *

3층 술집에서 음식이 나오자 일행은 아무 말도 없이 음식만
열심히 먹기 시작했다.

앵… 앵… 갑자기 경찰 사이렌 소리가 들리고 술집으로 경찰
들이 올라왔다.

"도박을 했다고 신고가 들어와서 잠시 서로 연행을 하겠습니
다. 가시죠."

여성 경찰 둘이 새벽이의 양팔을 붙들고 술집을 나섰다. 문우
와 준영이도 따라나섰다.

안산경찰서.

새벽이는 험악하게 생긴 형사 앞에 앉아 있었다.

"젊은 여자가 무슨 도박을 그렇게 해요? 이야기를 들어보니
전문 도박꾼이라고?"

형사가 반말 비슷하게 물었다.

"무슨 도박? 협박을 해서 살려고 했는데. 문우야, 녹음한 것 가지고 와."

새벽이가 말했다. 문우는 주머니에서 핸드폰을 꺼내 녹음한 것을 크게 재생했다.

'만약에 제가 안 하겠다고 하면? 그럼 넌 여기서 죽는다. 알았어요. 하면 될 것 아니예요'까지 당구장에서 있던 대화 내용이 모두 녹음돼 있었다.

"그런데 그 덩치 큰 남자들이 협박을 하며 강제로 돈을 뺏으려고 했는데 그 사람들은 놔두고 저만 붙잡아 온 이유가 뭐죠? 혹시 그 덩치들도 경찰 아저씨들이랑 잘 아는 사이입니까?"

새벽이가 오히려 당당하게 형사에게 따진다.

"협박을 했다? 그 녹음 조작된 것인지 어디 내 폰으로 전송해 봐요. 검토해보고 이야기합시다."

형사가 한 발 물러섰다.

"무슨 일이야?"

키가 큰 40대 남자가 새벽이 뒤에서 형사에게 물었다. 형사가 일어나 경례를 하며 눈짓을 한다. 새벽이가 일어나 고개를 돌려 나타난 사람을 본다. 새벽이 눈이 반짝 이채를 띤다. 바로 텔레비전에 나와서 연쇄살인범 수사에 대한 브리핑을 하던 그 경찰이기 때문이다.

"젊은 여자가 도박을 했다고?"

그 경찰이 다시 확인하듯 형사에게 물었다.

"네! 그런데 협박을 해서 어쩔 수 없이 했다고 녹음 파일을 가지고 있네요."

형사가 말했다.

"녹음 파일? 검토하고 돌려보내. 협박을 해서 어쩔 수 없이 했다면 그 협박한 놈들을 잡아야지."

키가 큰 경찰은 그 말을 남기고 다른 곳으로 걸어갔다.

문우는 핸드폰에 있던 녹음 파일을 형사에게 전송했다. 그런데 키가 큰 경찰이 걸어가는 뒷모습을 바라보며 새벽이가 울고 있었다. 준영이 그런 새벽이를 의아한 표정으로 바라보았다.

* * *

두 시간이 지나고 새벽이는 경찰서에서 나왔다.

"우리가 들어갔던 곳이 연쇄살인범을 검거하기 위한 특별수사본부던데, 도박 신고를 받았다고 직접 나와서 누님을 연행한다는 것 자체가 이상합니다."

문우가 고개를 갸웃하며 말했다.

"또 올 거야. 일단 모텔에 가서 잠이나 자자."

새벽이가 말했다.

"저, 누님!"

문우가 새벽이에게 할 말이 있나 보다. 새벽이가 왜 그러냐고 눈으로 묻는다.

"세상 구경 처음이라면서 모텔도 아시고, 술집도 아시고, 도박장도 아시고. 형사들에게 제출할 녹음도 미리 준비를 시키시고. 정말 처음 세상에 나오신 것 맞아요?"

문우가 용기를 내어 물었다.

"그럼 내가 무슨 동굴 속에서만 살았거나 숲속에서만 산 것으로 알아? 항상 어머니 품속에서 내 존재를 드러내지 않고 살았을 뿐이지. 그런데 이제는 내 존재를 드러내고 있는 것뿐이고. 그것이 세상 첫 나들이라고 하는 것이야."

새벽이 말했다.

"아! 그런 뜻이었군요."

문우는 더 이상 묻지 않았다.

"일단 잠이나 자. 밤에 내 방에서 좀 시끄러워도 모른 척하고 그냥 잠이나 자. 괜히 내 방에 들어오면 그땐 죽는다."

새벽이 말을 마치고 자기 방으로 들어갔다. 문우와 준영은 옆방으로 들어갔다.

깊은 밤.

새벽이가 자고 있던 방의 문이 소리 없이 열렸다. 방으로 검은 그림자가 하나 들어왔다. 손에는 번쩍이는 긴 칼이 들려 있었다.

"쉿! 조용히 앉아라."

새벽이가 입에다 손가락을 대며 말했다. 검은 그림자는 몹시 놀란 듯 잠시 주춤하더니 칼을 손에 쥔 채로 자리에 앉았다.

"안으로 잠긴 방문을 그렇게 조용히 열고 들어온다는 것은 건물주와 관련이 있다는 것이겠고, 칼을 들었다는 것은 나를 해치려는 마음이 있다는 것인데? 이유가 뭐지? 낮에 돈을 잃은 도박장 주인 같으면 돈부터 찾으려고 할 것인데. 나를 죽이려는 목적이 전부인 것을 보면 너는 청부를 받은 것이구나?"

새벽이 조용한 음성으로 차분히 물었다.

"역시 만만하게 볼 계집은 아니구나. 그렇다. 널 죽여달라고 부탁을 받았다. 그러니 곱게 죽어라."

그림자는 칼을 들고 벌떡 일어섰다.

"넌 이런 청부가 처음이구나?"

새벽이 다시 차분하게 물었다.

"무슨 소리냐?"

그림자가 움찔하더니 묻는다.

"너의 몸에서 피 냄새가 나질 않아. 사랑하는 아내 냄새도 없고. 싸구려 화장품에 찌든 여자 냄새가 고작이고. 수많은 남자들의 담배 냄새가 잔뜩 배어 있지. 흠… 교도소에서 나왔구나?"

새벽이가 차분하게 물었다. 그림자는 다시 움찔하더니 칼을 내리고 바닥에 앉는다.

"어떻게 그리 잘 아시오?"

그림자가 새벽이에게 물었다.

"인간들은 자기 자신을 몰라. 부닥치며 살아가는 과정이 다 몸에 배어 있다는 것을. 난 그걸 볼 수 있는 능력이 있고, 도와줄 수 있는 능력도 있지. 왜? 내 도움이 필요한가?"

새벽이가 조용히 물었다.

"난 억울해. 너무 억울해."

그림자가 혼자 탄식을 한다.

"흠…! 교도소 들어간 지가 벌써 5년이 되었구나?"

새벽이가 다시 물었다.

"맞습니다."

그림자가 처음으로 존댓말을 쓰고 있었다.

"돈과 관련된 누명을 쓰고 들어갔구나? 음…! 회사에서 횡령죄를 뒤집어썼군."

새벽이가 말했다.

"맞습니다. 정말 어찌 아십니까?"

그림자는 무척 놀라는 표정이다.

"저기 배낭 속에 돈이 들어 있다. 네가 가지고 온 자루에 그걸 담아 들고 조용히 나가서 나를 죽였다고 보고를 하고 어디 조용한 곳에 숨어서 지내거라. 어디를 가든 내가 널 찾을 것이니, 그 돈을 쓰는 대신 내가 부르면 언제든 내가 시키는 일을 해줘야 한다. 네가 가고 싶은 엄마에겐 절대 가지 마라! 그곳에 가면 넌 그들 손에 바로 죽음을 당하게 된다. 엄마에게 연락도 하지 마라."

새벽이가 조용히 말했다.

"무슨 말인지 다 알아들었지만, 내가 당신을 죽이고 그 돈을 빼앗아 갈 수도 있습니다."

그림자가 말했다.

"그럼 이건 어떤가?"

새벽이가 말을 하면서 손을 움직였다. 그러자 그림자가 들고 있던 긴 칼이 조각조각 얼음이 깨지듯 분해되었다.

"헉! 어찌…!"

그림자는 무척 놀라 자기도 모르게 소리쳤다.

"다시는 그런 위험한 물건은 들고 다니지 말고, 순리대로 착하게 살아. 그대가 악한 사람이 아니기에 내가 곱게 살려주고 살 길을 열어주는 것이니."

새벽이는 말을 마치고 손으로 나가라는 신호를 했다.

"은인께 감사드립니다. 영원히 은인으로 모시겠습니다."

그림자는 엎드려 몇 번이고 절을 하다가 일어나 들고 온 자루에 배낭을 넣고 시체처럼 둘러메고 밖으로 나갔다.

"흠…!"

새벽이가 두리번거리다가 벽에 박힌 못을 발견하고 배시시 웃는다.

우당탕. 그림자가 나가고 곧 덩치 큰 남자들이 방문을 열고 고개를 들이밀었다. 방 안에 아무것도 없자 덩치 큰 남자들은 곧 문을 닫고 사라졌다. 그런데 새벽이는 어디 갔을까? 바로 문 위 벽면에 마치 나비처럼 붙어 있었다. 새벽이는 곧 다시 방바닥으로 내려왔다.

* * *

아침이 왔다. 문우와 준영은 급히 모텔을 떠났다.

모텔 입구를 유심히 관찰하던 덩치 큰 남자들은 문우와 준영이가 나고 이제 막 17살 정도 된 어린 소녀가 나오자 관심을 두지 않았다. 새벽이의 본 모습을 그들이 알 턱이 없었다.

10㎞ 정도 떨어진 어느 식당에 문우와 준영이가 먼저 나타나고 뒤이어 새벽이 나타났다.

"콩나물국밥이 맛있을까?"

새벽이가 문우에게 물었다.

"아침밥을 하는 식당이 그리 많지 않습니다. 우선 드시지요."

문우가 말했다.

"알았어. 그렇게 하지."

새벽이는 콩나물국밥을 먹기 시작했다. 식당에선 텔레비전 뉴스가 나오고 있었다. 국회의원의 뉴스였다.

"저긴 어디야?"

새벽이가 문우에게 묻는다.

"여기서 멀지 않습니다. 왜 그러십니까?"

문우가 물었다.

"오늘은 저곳에 한번 가보자."

새벽이가 말했다.

"다른 뜻은 없습니다. 그냥 궁금해서 그럽니다. 왜 저곳에 가시려고 하십니까?"

문우가 정중히 물었다.

"음…! 궁금하겠지. 한 가지만 알려줄게. 먼저 브리핑을 하던 경찰도, 지금 저 국회의원도, 내가 만들어놓은 괴이한 그림자가 붙어 있어. 그래서 보려는 것이야."

새벽이가 말했다.

"네에? 괴이한 그림자?"

문우는 더욱 의문이 생겼다.

"그래! 내가 누구에게 붙여놨는데, 그분에게 접촉을 하면 저 그림자가 붙게 되어 있거든. 다른 사람에겐 보이지 않아도 내 눈에만 보여. 나중에 더 자세히 알려줄게. 더 이상은 묻지 말고."

새벽이 말했다. 그러나 문우는 보았다. 말을 하고 고개를 돌리는 새벽이 눈에 눈물이 고이는 것을.

'무슨 슬픈 사연이 있구나. 더 이상 묻지 말아야겠다.'

문우는 그렇게 생각했다.

아침을 먹고 곧바로 문우는 새벽이와 같이 시흥 쪽으로 승용차를 몰았다.

"여기가 그 국회의원 사무실이 있는 곳입니다."

문우가 승용차를 세우고 손으로 건물을 가리키며 말했다.

"그래. 이곳이 잘 보이는 곳, 어디 찻집으로 들어가자."

새벽이가 말했다.

문우가 찾아보니 맞은편에 찻집이 하나 있었다. 문우는 새벽이와 함께 그곳으로 들어갔다.

"이미 괴이한 그림자가 그 국회의원에게 붙어 있는 것을 보셨다면서 무엇 때문에요?"

준영이 뒤따라 들어와 자리에 앉으며 물었다.

"응 그건, 가까운 데서 봐야 자세한 내막을 알 수 있거든. 텔레비전 화면으로는 그림자가 붙어 있다는 것만 겨우 보일 뿐이니."

새벽이가 설명을 했다. 그래도 문우와 준영은 이해를 할 수 없었다. 그림자 자체도 믿을 수 없는데 다른 무엇을 믿겠는가.

"문우는 이 근처에 하루 묵을 모텔을 예약해둬. 호텔도 좋고."

새벽이 말했다.

"알겠습니다. 방 두 개가 필요하죠?"

문우가 그렇게 묻고도 쑥스러운 듯 손으로 머리를 긁적거렸다.

"내 방은 조용한 구석 창가로 예약해둬."

새벽이가 말했다. 문우는 열심히 핸드폰으로 호텔을 찾아 전화를 걸어 예약을 했다.

"잠깐, 놈이 나타났다."

새벽이가 건너편 밖을 내다보며 말했다.

"맞습니다. 텔레비전 화면에 나왔던 그 국회의원입니다."

문우가 말했으나 새벽이는 온통 국회의원을 살피는 데 집중을 하고 있었다.

"내가 잠시 나갔다 올게. 여기서 기다려."

새벽이가 찻집에서 뛰어 나갔다. 이미 국회의원은 사무실로 들어가고 없었다. 새벽이는 다시 들어와서 커피를 세 잔 주문했다. 커피가 나오자 포장해서 들고 국회의원 사무실로 향했다.

국회의원 사무실에 도착한 새벽이는 문을 두드렸다.

"주문하신 커피 가지고 왔습니다."

새벽이는 커피를 들고 안으로 들어갔다.

"누가 커피를 주문했지? 아침부터 참 고맙기도 하지."

국회의원은 누군가 커피를 주문했을 것이라 생각하고 커피를 받아 들었다. 커피를 주고 사무실을 나오는 새벽이 눈엔 눈물이 주르륵 흐른다.

"네놈도 결국 죽어야 하겠구나. 그 경찰 놈도 그렇고."

새벽이 혼자 중얼거리며 길을 건너 찻집으로 갔다.

"오늘은 기분 전환도 할 겸 야외 소풍이나 갈까?"

새벽이가 문우와 준영을 번갈아 보며 물었다.

"여기서 가까운 바닷가에 가시죠. 제부도라고 섬이 있는데, 맛있는 것도 많아요."

문우가 말했다.

"제부도? 너무 일찍 만나면 안 되는데."

새벽이가 알쏭달쏭한 말을 했다. 누굴 만난다는 것일까? 문우와 준영은 궁금했지만 묻지 않았다. 찻집을 나온 새벽이 일행은 제부도로 향했다.

제부도에 도착한 새벽이는 갯벌에 들어가 조개도 잡고, 회도 먹고 조개구이도 먹으면서 즐겁게 시간을 보냈다.

"여기 참 좋네요."

40대 남자가 주인과 대화를 하면서 서류를 작성하고 있었다.

"싸게 드리는 겁니다. 사업 번창하시길 바랍니다."

가게 주인이 말했다.

조개구이를 먹으며 그 장면을 바라보는 새벽이는 빙긋 미소를 짓는다. 그리고 어젯밤 자신을 죽이려고 들어왔던 그 그림자를 떠올린다. 서빙을 하는 아주머니가 다가와서 조개를 손질해준다.

"아주머니!"

새벽이가 아주머니를 부른다.

"네? 아가씨, 왜요?"

아주머니가 다정하게 새벽이를 바라본다.

"혼자 사신 지 참 오래되셨네요? 10년이 넘은 것 같은데."

새벽이가 물었다.

"어찌 아셨어요? 아가씨 점쟁이에요?"

아주머니가 신기하다는 표정으로 새벽이를 보며 물었다.

"점쟁이나 그런 것은 아니지만 그냥 알 수 있어요. 제 또래의 아들도 있으시네요. 아드님이 참 착하시고요."

새벽이가 말했다.

"오! 정말 신비하네요."

아주머니가 새벽이를 보며 말했다.

"저기 가게 주인께서 오늘 가게를 저분께 넘기시는 것 같네요?"

새벽이가 주인과 서류를 쓰고 있는 40대 남자를 턱으로 가리키며 물었다.

"네! 그렇답니다. 이제 저도 이 직장 그만둬야 할 것 같네요."

아주머니가 말했다.

"아닙니다. 저분도 참 착하게 보입니다. 반드시 아주머니를 그대로 고용할 겁니다. 아주머니와 좋은 인연이 되었으면 좋겠네요. 보아하니 저분도 혼자 사시는 분입니다. 성실하고 선한 눈을 가지셨어요. 아주머니와 꼭 좋은 인연이 될 것 같습니다."

새벽이가 말했다.

아주머니는 갑자기 얼굴을 붉히며 서둘러 다른 곳으로 갔다. 그런 모습을 보며 새벽이는 살짝 미소를 짓는다.

"누님은 어찌 사람들을 보면 가족 관계도 다 알 수 있어요? 참 신기해요."

문우가 새벽이 대답해주기를 바라고 물어본다. 준영도 궁금해서 관심 있게 바라본다.

"내 능력 중에 사람들의 체취를 분석하는 능력이 있는데, 사람들의 체취에서 그들이 살아온 모든 것을 알아낼 수 있어."

새벽이가 생긋 웃으며 말했다.

"정말 신기해요."

준영이 말했다.

"더 이상 알려고 하지 마. 나에 대해서 많이 알면 너희들 신상에 해로워. 자유롭게 살지도 못할 것이야. 그래서 알려주지 않는 것이니 그리 알고. 일반 사람들과 그 능력이 다르다는 정도만 알면 돼."

새벽이 말했다.

"잠시 볼일 좀 보고 올게."

새벽이가 일어났다. 천천히 일어나서 식당을 나섰다. 식당 밖에서 왔다 갔다 하고 있는데 40대 남자가 다가왔다. 40대 남자는 새벽이 앞에 털썩 무릎을 꿇고 절을 했다.

"내 모습이 변했는데 잘 알아보셨군요."

새벽이 말했다.

"네! 어둠 속에서 들은 목소리가 똑같아서 그분이라고 생각했습니다. 은인께 다시 한번 감사드립니다."

40대 남자는 한 번 더 고개를 숙이고 일어섰다.

"돈을 좀 쓰시더라도 얼굴에 점이라도 하나 찍으시고 수염이라도 기르세요. 그들 눈도 많거든요. 그리고 서빙하는 아주머니를 봤는데 참 착하고 성실하네요. 혼자되신 지 오래되셨고요. 좋은 인연이 되었으면 좋겠어요. 얼른 가보세요. 언젠가 한가하면 또 뵐 날이 있겠지요."

새벽이 말했다.

"알겠습니다. 꼭 다시 들러주세요."

40대 남자는 꾸벅 인사를 하고 자신의 승용차를 타고 떠나갔다.

"호오! 17번째로군. 내 나이와 같아."

새벽이가 혼자 중얼거리며 다시 식당으로 들어갔다. 현 주인이 그 장면을 봤다.

"저기 저분들에게 서비스를 많이 갖다드려요."

주인은 서빙하는 아주머니에게 말했다.

4

아리따운 노랑나비

◆

밤이 되었다.

덩치 큰 남자는 술에 거나하게 취해 비틀거리며 집으로 들어갔다. 당구장에서 새벽이에게 협박을 하던 그 덩치 큰 남자다.

비틀비틀 걸어서 그대로 침대 위로 몸을 던지듯 누워버렸다. 막 잠을 자려는데 눈에 뭔가 보였다. 급히 눈을 뜬 남자는 너무 놀라서 눈을 동그렇게 뜨고 멍하니 있었다.

자신의 방 천장에 노랑나비인가, 크고 노란 물체가 붙어 있었다. 노란 물체는 곧 날아서 덩치 큰 남자가 누운 침대 옆으로 내려왔다. 덩치 큰 남자는 벌떡 일어섰다.

퍽 소리가 나며 복부에 엄청난 고통이 밀려왔다. 덩치 큰 남자는 복부를 움켜쥐고 앞으로 꼬꾸라졌다.

"하나만 물을게."

조용한 음성이 들렸다. 하지만 덩치 큰 남자는 고개를 들 수도 없었다. 온몸에 힘이 하나도 없었다.

"1년 전 양평에서 납치해 온 여자가 있었지?"

조용한 음성이 다시 들렸다.

"어떤 여자를?"

덩치 큰 남자는 엎드린 자세로 되물었다.

"오! 하나가 아니었군! 그래, 둘이었군. 머리가 길고."

다시 조용한 음성이 들렸다.

"아! 그 여자는 BB 클럽에 있습니다."

덩치 큰 남자는 솔직히 대답했다.

"BB 클럽이 어디 있지?"

다시 조용한 음성이 들렸다.

"신사동에 있습니다."

덩치 큰 남자가 얼른 대답했다.

"신사동?"

조용한 음성이 다시 물었다.

"안산 신사동입니다."

덩치 큰 남자가 말했다.

"그래? 알았다. 너는 수많은 소녀들을 죽인 범죄자구나? 내가 보니 6명이나 되는군. 왜 소녀들을 죽였지?"

조용한 음성이 그렇게 물었다.

"네? 소녀들을 죽이다니요?"

덩치 큰 남자가 되물었다.

"발뺌을 하려고? 네 몸에서 최소한 6명의 소녀들 피 냄새가 난다. 특히 3명의 소녀들은 피 냄새와 더불어 똥 냄새도 같이 난다. 그 이유는 칼로 배를 찔러 내장이 흘러나왔다는 증거니까."

조용한 음성을 듣고 덩치 큰 남자는 사색이 되었다. 마치 직접 본 사람처럼 자신이 한 일을 다 알고 있지 않는가? 뭐라 대꾸도 못하고 부들부들 떠는데….

"누가 시켰느냐? 국회의원? 아니면 경찰?"

조용한 음성이 다시 물었다.

덩치 큰 남자는 가만히 있었다.

"흠…! 알겠다. 대답은 필요 없고."

조용한 음성이 거기까지 말을 했을 때 갑자기 덩치 큰 남자는 정신이 하얗게 되는 것을 느꼈다.

"기억을 잃고 사는 것이 좋겠지."

노란 물체는 그 말을 남기고 밖으로 나갔다. 하지만 곧 다시 들어왔다.

노란 물체는 덩치 큰 남자의 머리를 손바닥으로 탁 쳤다.

"살려둘 가치가 없는 놈이다. 다시 태어나면 착하게 살거라."

조용한 음성을 남기고 노란 물체는 다시 사라졌다.

* * *

현직 국회의원 천 씨는 늦은 밤 귀가를 하고 있었다.

거대한 저택. 정원도 넓고 건평도 100여 평은 됐다. 천 씨는 승용차에서 내려 정원으로 들어섰다. 그런데 걸어가던 천 씨가 걸음을 멈추고 놀란 눈으로 정원에 있는 커다란 소나무를 바라보았다.

노란 물체가 소나무 가지에 붙어 있다가 팔랑팔랑 날아서 천 씨 옆으로 내려왔다.

픽 소리가 나며 천 씨는 비명도 지르지 못하고 앞으로 꼬꾸라졌다.

"하나만 묻겠다."

조용한 음성이 들렸다. 천 씨는 대답조차 할 수 없었다.

"BB 클럽에 간 적 있느냐?"

조용한 음성이 물었다. 천 씨는 고개를 끄덕였다.

"국민을 대표한다는 정치인이 사랑하는 아내와 자식도 있는데 바람을 피웠단 말이냐?"

다시 조용한 음성이 들렸다.

"죄송합니다. 모 회장의 초청을 거절 못 하고 갔다가 술에 취해서 그만… 정말 죄송합니다."

천 씨는 진정으로 뉘우치고 있었다.

"그 여인은 어떤 정신이었지?"

다시 조용한 음성이 들렸다.

"마약으로 정신이 몽롱한 상태였습니다. 죄송합니다."

천 씨가 대답했다. 잠시 적막이 흐르고, 뭔가 툭 하고 천 씨 앞에 떨어졌다.

"너도 죽어야 마땅하나, 보니 진정으로 뉘우치니 그 약을 먹어라. 그럼 용서하마."

조용한 음성이 들렸다. 그리고 천 씨는 놀라운 현실을 경험했다. 스스로 손이 움직이고, 약을 봉지에서 꺼내 자신의 입에 넣고 꿀꺽 삼킨 것이다.

"너 같은 놈이 다시는 여자를 겁탈하지 못하게 성기능을 없애는 약일 뿐 다른 해는 없으니 안심해라. 또한 오늘 일을 스스로 떠들고 다니지 마라. 그럼 내가 또 다시 찾아와 죽음을 내리겠다."

그 말을 끝으로 노란 물체는 사라졌다.

"뭐라고? 나를 고자로 만들었다고."

국회의원은 팔딱팔딱 뛰며 화를 냈다.

* * *

연쇄살인범 특별수사본부장 우 씨.

며칠 만에 귀가를 하고 있었다. 귀가라고 해야 임시 거처인 원룸이다. 서울에서 특별히 파견 나와서 집은 서울에 있었다.

원룸 문을 열고 들어선 우 씨는 그 자리에 굳어버렸다. 자신의 침대에 걸터앉은 노란 물체가 보였기 때문이다. 얼굴도 보이지 않았다. 망사를 쓰고 있어서 그 모습은 알 수 없으나 무척 아리따운 여자라는 것은 확실했다.

"모 회장이 보낸 것이냐?"

우 씨는 입맛을 다시며 물었다. 모 회장이 자신을 위해 보낸 여성이라 생각했던 것이다. 그런데 노란 물체는 대답이 없었다. 우 씨는 천천히 다가갔다.

퍽 소리가 나며 갑자기 복부에 엄청난 통증을 느끼고 앞으로 쓰러지며 침대에 엎드린 자세가 되었다.

"꼴에 여자는 밝혀서. 연쇄살인범 잡으라고 파견을 보냈더니 여기 와서 비리나 저지르고 범죄자들과 한통속이 돼? 그러고도 네가 경찰이냐?"

조용한 음성이 야단을 치고 있었다. 우 씨는 말을 할 수가 없었다. 힘도 다 빠지고 입도 놀릴 수가 없었다.

"네놈도 소녀들을 죽인 범인이구나. 2명은 죽였어. 겁탈을 하다가 죽였나?"

조용한 음성이 물었다. 우 씨는 자기도 모르게 고개를 끄덕였다.

"모 회장이 뇌물로 바친 소녀들이구나? 납치를 해 온 소녀라는 것을 알면서도 겁탈을 했고, 후환이 두려워 죽인 것이구나? 그런 네놈이 무슨 범인을 잡는다고 경찰이 됐느냐?"

조용한 음성이 다시 물었다. 신기하게도 우 씨는 입을 열수 있었다.

"무슨 소리냐? 증거도 없이."

우 씨는 발뺌을 했다.

"뉘우치는 기색이 하나도 없구나."

그 말을 끝으로 우 씨는 정신이 하얗게 변해갔다.

노란 물체는 우 씨의 입을 벌려 알약을 하나 넣고 입을 손바닥으로 탁 쳤다.

"기억과 성기능이 사라질 뿐 생명엔 지장이 없으니 안심해라."

노란 물체는 천천히 걸어서 밖으로 사라졌다. 그러나 다시 들어왔다.

"아무래도 안 되겠다. 넌 죽어야 돼. 새로 태어나면 너도 착한 놈이 되길 바란다."

노란 물체는 우 씨의 머리를 손바닥으로 탁 치고 잠시 우 씨를 보더니 천천히 밖으로 나갔다. 벌써 먼동이 트고 있었다.

준영은 일찍 일어나 트레이닝을 하고 있다가 신기한 물체를 보았다. 마치 노랑나비처럼 팔랑팔랑 커다란 노란 물체가 날아가 유리창으로 들어가는 장면을 본 것이다.

"저긴 누님 방인데. 햐! 누님이 날아다닐 수도 있나 보다."

준영은 마치 꿈속을 헤매듯 몽롱한 눈으로 노란 물체가 들어간 유리창을 올려다보고 있었다.

* * *

아침에 텔레비전에서 새로운 뉴스가 전해졌다.

"시청자 여러분, 안타까운 소식을 전하게 되었습니다. 연쇄살인범을 수사하기 위한 특별수사본부장 우○○ 씨가 과로로 쓰러져 숨진 채로 발견되었습니다. 이상하게도 같은 날 국회의원 천용환 씨도 과로로 쓰러져 숨진 채 발견됐습니다. 경찰청은 급히 새로운 수사본부장에 안산경찰서 수사과장을 임명했습니다."

덩치 큰 남자의 죽음은 관심조차 없었다.

"오늘도 용돈 벌이 가자."

새벽이는 다시 근육을 이용해 30대로 변신했다. 하지만 얼굴은 다른 여자였다.

"오늘은 나 혼자 놀다가 나올게. 둘은 호텔 앞에서 놀고 있어. 승용차는 반드시 골목 뒤쪽에 잘 숨겨두고."

새벽이는 노란 스카프를 걸치고 핸드백을 들고 오만 원짜리 100장을 가지고 관광호텔 도박장으로 향했다.

"전에 보니 룰렛이 재미있었어."

새벽이는 생글생글 웃으며 룰렛 앞에 앉았다.

"흠…!" 12번에 500만 원을 바꾼 칩을 전부 걸었다. 힘차게 돌던 룰렛은 정확하게 12번에 멈추었다.

"우아! 1억 8천만 원짜리 대박이 터졌네요."

장내 방송이 울려 퍼졌다. 많은 손님들이 부러운 눈길로 박수를 쳤다. 새벽이는 다시 500만 원 칩을 12번에 걸었다. 사람들

시선이 집중된 가운데 룰렛 알은 다시 12번에 멈추었다.

"우아! 또 1억 8천만 원짜리가 터졌습니다. 대박입니다."

장내 방송이 다시 울렸다.

웅성웅성 사람들이 모이기 시작했다. 새벽이는 다시 500만 원 칩을 12번에 걸었다. 몇 사람이 새벽이를 따라 12번에 칩을 걸었다. 그들이 건 칩도 500만 원 정도 됐다. 역시 룰렛 알은 다시 12번에 멈췄다. 모두 3억 6천만 원 정도 금액이지만 장내 방송은 침묵을 지켰다. 딜러 아가씨가 부들부들 떨며 룰렛을 돌리지 않고 서 있었다.

"이번에도 12번 갈게요. 돌리세요."

새벽이가 말했다. 웅성웅성거리며 많은 사람들이 12번에 칩을 걸었다. 무려 칩이 2억 원 정도. 딜러는 어쩔 수 없이 룰렛을 돌렸다. 이번에도 12번에 멈추면 도박장에서 내줘야 하는 금액이 72억 원이다. 금액이 많으니 많은 사람들의 관심이 집중될 수밖에 없었다. 그리고 결국 룰렛은 12번에 또 멈췄다.

약 오억 원 이상의 돈을 챙긴 새벽이는 유유히 밖으로 나갔다. 많은 사람들이 관심을 갖고 뒤따라 나갔고, 건장한 남자들도 몰래 뒤따라 나갔다. 그런데 노랑나비가 골목을 돌더니 팔랑팔랑 날아 사라져버렸다.

이튿날도, 그다음 날도 노란 옷을 입은 여자는 도박장에 막대

한 피해를 줬다. 반면 손님들에겐 천사로 통했다.

4일째 되는 날. 방송국 기사들이 도박장 앞에 진을 치고 있다가 노란 옷의 새벽이가 나타나자 카메라를 들이댔다. 그러나 면사로 얼굴을 가려 모습은 드러나지 않았다. 카메라들은 새벽이를 졸졸 따라 들어갔다. 도박장엔 양복을 입은 50대 남자가 보디가드를 데리고 나타나서 자리에 앉아 있었다.

"호! 모 회장 드디어 나타났는가?"

새벽이가 속으로 그렇게 말했다.

"오늘도 여전히 룰렛을 하시렵니까?"

카메라를 들이대고 기자가 질문을 했다. 새벽이는 고개를 끄덕였다. 사람들이 웅성웅성 새벽이 곁으로 모여들기 시작했다. 새벽이는 칩을 1,000만 원 정도 7번에 걸었다. 사람들이 우르르 7번에 칩을 걸기 시작했다. 칩은 산더미처럼 쌓였다. 10억은 돼 보였다. 무려 100여 명이 따라왔다. 이번에도 7번에 알이 들어가면 도박장 모 회장 주머니에서 360억이 나가게 된다. 모든 사람이 숨을 죽이고 지켜보았다. 모 회장과 건장한 남자들과 카메라까지 새벽이의 움직임을 유심히 관찰했다. 새벽이는 전혀 움직임이 없었다. 그리고 알은 7번에 들어갔다.

"아무리 관찰해도 전혀 어떤 움직임도 없었습니다. 정말 운이 좋으십니다."

카메라 기자가 말했다.

"꿈속에서 가르쳐주는 대로 하는 겁니다."

새벽이가 한마디 했다.

"그럼 이번엔 어디에 거실 겁니까?"

카메라 기자가 질문을 했다.

"이번엔 11번입니다."

새벽이의 말이 끝나자 사람들이 우르르 11번에 칩을 걸었다. 또 10억은 됐다.

"과연 이번에도 맞을까요?"

기자가 다시 질문을 했다.

"글쎄요."

애매한 대답을 한 새벽이. 그러나 알은 11번에 멈추었다.

"으험!"

모 회장이 큰 기침 소리를 내며 일어섰다. 아무리 돈이 많은 모 회장이라도 순식간에 730억을 날렸으니 기분이 좋을 리 만무했다.

"오늘은 이만 문을 닫습니다."

장내 방송은 간단히 끝나고 모든 딜러들이 사무실로 들어가 버렸다. 방송국 카메라와 기자들, 손님들 모두 웅성거리며 새벽이에게 질문을 하려는 사람, 말이라도 걸어보려는 사람, 그냥 관심을 보이는 사람까지 차츰 다가오자 새벽이는 마치 나비처럼 가볍게 사람들 틈을 벗어나 문밖으로 사라졌다. 하지만 문밖에서는 이미 건장한 남자들이 새벽이를 기다리고 있었다. 우르르 쫓아오고 쫓기고, 길거리에서 레이스가 벌어졌다. 그러나 또 골목으로 나비처럼 사라진 새벽이는 종적을 감추었다.

모 회장은 화가 머리끝까지 났다.

"지난번 그년은 죽었다더니, 이년은 또 뭐야? 당장 찾아서 없애버려. 당장 찾으란 말이야."

고래고래 소리를 지르며 서 있던 모 회장에게 건장한 남자가 편지를 하나 들고 왔다.

"그년이 남기고 간 메시지입니다."

건장한 남자는 편지를 전해주며 말했다.

"뭐라고 썼어?"

모 회장은 읽어보지도 않고 편지를 다른 남자에게 주며 물었다.

"오늘 밤 BB 클럽에 오겠다는데요."

그 남자가 편지를 펼쳐보더니 모 회장에게 말했다.

"뭐라? BB 클럽? 그년이 거기가 근질근질한 모양이군. 모두 철저히 준비하도록."

모 회장이 사악한 미소를 지으며 말했다. 모두 우렁차게 대답을 하고 흩어졌다.

열을 식히려고 창문을 열어놓고 소파에 앉아 깜빡 잠이 든 모회장. 뭔가 목에 차가운 것이 스친다. 자기도 모르게 눈을 뜬 모 회장은 어이없다는 표정으로 바라본다. 모 회장이 그렇게 잡으려고 하던 그 노란 물체가 앞에 서 있었다.

퍽 소리가 들리며 모 회장은 복부에 엄청난 고통을 느끼며 고개를 숙였다.

"하나만 물을게. 네가 1년 전 양평에서 여인을 납치하라고 지시를 했지? 아니, 소녀들과 여인들을 무작위로 닥치는 대로 납치를 지시했지? 맞으면 고개를 끄덕인다."

모 회장은 온몸에 힘도 없고 입을 열 수도 없어서 대꾸도 못하고 있는데 갑자기 고개가 끄덕여진다. 어, 이게 아닌데 하면서도 시인을 하고 있는 자신이 이상했다.

"또한 무자비하게 소녀들을 뇌물로 바치고 죽이고 했지? 보니까 네가 죽인 소녀들이 모두 14명이군?"

조용한 음성에 자신도 모르게 고개를 끄덕이는 모 회장.

"너에게 아들이 둘이 있지? 그 하나는 너처럼 망나니고. 하나는 그나마 사람이 나쁘지는 않군. 너와 그 망나니 아들은 세상에 살 가치가 없어. 그러나 기억과 성기능만 사라지게 할게. 착하게 살아."

노란 물체는 모 회장의 입을 벌리고 알약을 입에 넣고 손바닥
으로 입을 탁 쳤다.

노란 물체는 사무실을 왔다 갔다 하다가 밖으로 나가는가 싶
더니 다시 들어왔다.

"아무래도 그냥 용서는 안 되겠어. 너도 죽어야 돼."

그 말을 끝으로 모 회장은 더 이상 아무것도 들을 수 없었다.
노란 물체는 바람처럼 사라졌다.

잠시 후 관광호텔에 비상이 걸렸다. 21층 모 회장 사무실에서
모 회장이 죽은 채 발견된 것이다.

"과로로 사망하셨습니다."

의사 진단은 그랬다. 두 아들들은 아버지 죽음보다 재산을 놓
고 싸우기 시작했다.

밤은 깊어갔다. 건장한 남자들이 눈을 부릅뜨고 누군가 기다
리고 있는 BB 클럽. 아버지는 죽었는데 망나니 아들 녀석은 BB
클럽 룸에 앉아 술을 마시고 있었다.

"나타났습니다."

클럽 안이 소란스러워졌다. 클럽으로 들어서는 노란 옷의 여
인과 문우, 둘이 나타났다. 준영이는 차에서 기다리고 있었다.

"그년이 나타났단 말이냐?"

망나니 아들 녀석이 벌떡 일어섰다.

"네! 사내 녀석과 같이 왔습니다."

건장한 남자가 보고를 했다.

"기둥서방인가?"

망나니 아들 녀석이 다시 물었다.

"아닙니다! 어딘가 낯이 익습니다. 양평 지역 불개미파 두목 문우 같습니다."

건장한 남자가 말했다.

"뭐라고? 불개미파? 그 두목 녀석이 왜?"

망나니 아들 녀석이 다시 물었다.

"별건 아닙니다. 불개미파도 그리 신경 쓸 정도는 아니고요. 다만…"

건장한 남자가 말을 하다가 만다.

"다만 뭐야?"

망나니 아들 녀석이 다그치듯 물었다.

건장한 남자는 망나니 아들 녀석의 귀에다 입을 대고 뭐라고 속삭인다. 망나니 아들 녀석의 얼굴이 놀라는 표정을 보였다가 사라졌다.

* * *

"조심해야 돼."

새벽이가 자리에 앉으며 문우에게 말했다.

"모 회장이 죽은 상황에서 아들은 큰 위협은 안 됩니다. 오늘은 큰 싸움은 없을 것 같습니다."

문우가 말했다. 그런 문우를 새벽이가 묘한 미소를 보이며 바라본다. 문우는 갑자기 고민하는 표정이 보였다.

"들어오다 보니 저를 알아보는 자들이 있더라고요. 그러니 싸움은 피할 겁니다."

문우가 말했다. 새벽이는 그냥 고개만 끄덕인다.

"주문부터 하지."

새벽이가 말했다.

문우가 벨을 울리자 20대 여자가 다가왔다. 문우는 메뉴를 보며 이것저것 주문을 했다.

"사장 좀 나오라고 해."

새벽이가 조용한 음성으로 20대 여자에게 말했다.

"네에? 그건 좀…."

20대 여자가 곤란하다는 표정을 지었다.

"그럼 소란을 피워야 나오겠군."

새벽이가 다시 말했다.

"소란 피우면 큰일 나요."

20대 여자가 작은 소리로 말했다.

"그럼 새로 들어온 아이들을 2명만 내보내. 술 좀 따르게."

새벽이가 말했다. 20대 여자는 조용히 물러갔다.

"아무래도 이곳의 그 망나니 아들 녀석을 한번 봐야 하는데, 꼭꼭 숨어 있네."

새벽이가 말했다.

"왜요?"

문우가 작은 소리로 묻는다.

"그놈이 요즘 떠들썩한 연쇄살인범 같아서 말이야. 놈을 봐야 확실한 증거를 찾는데."

새벽이가 작은 소리로 말했다.

"보면 알 수 있어요?"

문우가 물었다.

"음…! 모 회장에게서 망나니 아들 녀석의 체취를 살펴봤는데 복잡한 피 냄새가 묻어 있었거든. 요즘 연쇄살인 피해자가 남자 4명, 여자 3명 그렇다고 들었는데. 딱 놈에게서도 7명의 남녀 피 냄새가 났어."

새벽이가 말했다.

"그냥 찾아가시면 되지 않을까요?"

문우가 물었다.

"그건… 내가 처벌할 문제가 아니잖아. 경찰에 넘겨야 하는 문제라서. 나는 증거가 어디에 있나 하는 것만 알아서 전해주려고."

새벽이가 말했다.

"그럼 여기서 찾을 분은 어떻게 찾으시려고요? 사진이라도 종업원들에게 보여주면서 찾으시면 빠를 겁니다."

문우가 말했다.

"바보. 그럼 그분이 죽지, 살려주겠어?"

새벽이가 당치도 않다는 표정이다. 문우도 다시 생각해보니 새벽이 생각이 옳았다. 잠시 후 술과 함께 20대 여성들 둘이 왔다.

"다른 아가씨로 교체."

새벽이가 문우에게 조용히 말했다.

"죄송합니다. 다른 분들로 바꿔주세요."

문우가 정중하게 말했다. 아가씨들은 불쾌한 표정으로 돌아갔고 곧 다른 아가씨들이 왔다.

"나이가 너무 어려 좀 더 어른으로 교체."

새벽이가 다시 문우에게 말했다.

"30대 아가씨로 바꿔주세요."

문우는 다시 정중하게 이야기했지만 아가씨들은 불만이 가득했다.

몇 번을 더 교체를 요구하다가 말고 술을 몇 잔 마시다가 BB 클럽을 나왔다. 그런데 비틀거리던 새벽이가 갑자기 푹 쓰러진다. 문우는 급히 새벽이를 안고 승용차로 향했다.

"그 계집년은 오늘 우리가 데리고 간다."

건장한 청년들이 10여 명 골목에서 나타나 문우 앞을 가로막았다. 건장한 청년들과의 싸움을 위해 문우는 새벽이를 한쪽에 내려놓고 청년들과 싸우게 되었다. 다섯 명이 문우를 에워싸고 싸우는 사이 나머지 청년들이 새벽이를 업고 도망갔다.

BB 클럽 지하 3층 비밀 공간.

청년들이 새벽이를 바닥에 집어던지듯 내려놓았다.

"흐흐… 계집년이 거기가 근질근질해서 찾아온 모양인데 오늘 시원하게 데리고 놀아주마."

30대의 키가 큰 남자가 앉아 있던 소파에서 일어나며 징그럽게 웃었다. 다섯 명의 청년들도 징그럽게 웃었다.

"너는 누구냐?"

갑자기 조용한 음성이 들렸다. 그리고 새벽이가 천천히 일어섰다.

"어라! 넌 물뽕에 중독이 됐을 텐데?"

키가 큰 남자가 한 발 물러서며 물었다.

"멍청이들. 너 같으면 그 술을 먹겠냐? 너희들 하는 짓이 워낙 애들 같아서 잠시 장난을 쳤을 뿐이다."

새벽이가 생글생글 웃으며 말했다.

"흐흐… 그런다고 뭐가 달라질까? 여긴 비밀 공간이다. 아무도 모르지. 네가 아무리 소리쳐도 듣는 사람도 없을걸."

키가 큰 남자가 웃으며 말했다.

"가만. 네가 혹시 모 회장의 둘째 아들? 그 착하고 선하다고 알려진 그 아들? 오호! 이거 반전인데. 수많은 소녀들이 네 손에 당했구나? 너 같은 놈을 색마라고 하던가? 아무튼 잘 만났다."

새벽이가 말했다.

"알아주니 고맙군! 그래, 난 이곳에 들어오는 모든 소녀들을 내가 가장 먼저 맛보는 사람이지."

키가 큰 남자가 징그럽게 웃으며 말했다.

"잘됐네. 오늘 BB 클럽에 아주 잘 왔어. 괴이한 그림자는 너에게 없다만, 네 입으로 소녀들을 강간했다고 자백했으니."

거기까지 말을 마친 새벽이가 갑자기 번개같이 움직여 키가 큰 남자의 복부를 발로 찼다.

"컥! 이, 이게."

도무지 믿을 수 없다는 눈으로 새벽이를 바라보던 키 큰 남자는 무릎을 꿇고 주저앉았다. 청년들이 우르르 달려들었다. 팔랑팔랑 나비처럼 사이를 날아다니며 청년들의 공격을 피하던 새벽이가 무차별 공격을 시작했다. 마치 연습을 하듯 이리 치고 저리 치고. 청년들의 주먹에서 미꾸라지처럼 잘도 빠져나가며 무섭게 때리고 있었다. 순식간에 청년들의 몸은 피투성이가 됐다. 그리고 나서야 복부를 한 방씩 발로 차서 꼬꾸라지게 했다.

"보니까 네놈들도 여기 이놈과 같이 소녀들을 강간한 놈들이구나. 너희들은 이놈이 지시를 해서 한 짓이라고 볼 수 있어서 죽이지는 않겠다. 그래서 좀 때린 것이고. 가지고 온 약이 흠… 딱 5알이네. 하나씩 먹여주마."

청년들은 자신도 모르게 입이 벌려지고 알약 하나가 입으로 들어와 꿀꺽 삼키게 되었다.

"아직 장가도 못 간 놈들이지만 영원히 남자 구실은 못 할 것이야. 앞으로는 착하게 살라고. 또 내 눈에 띄면 그땐 반드시 죽일 것이니. 명심들 해."

새벽이가 청년들에게 한마디 하고 키가 큰 남자에게 다가갔다.

"내가 오늘 여길 안 왔다면 큰 실수를 할 뻔했어. 거짓된 소문만 믿고 널 착한 놈으로 생각할 뻔했으니 이 얼마나 다행이야. 안 그래? 앞으로는 착하게 살아라."

새벽이가 손가락을 살짝 움직였다. 알약 하나가 키가 큰 남자 입으로 쏙 들어갔다. 키 큰 남자는 축 늘어졌다. 새벽이는 천천히 걸어서 문을 나섰다.

문우는 악전고투를 하고 있었다. 온몸에 피멍이 들고 피가 흐르며 청년들 다섯 명과 싸우고 있었다. 문우가 위기에 처한 순간 노랑나비처럼 새벽이가 나타났다.

"이놈들도 용서를 할 수가 없어. 조금 전 그 청년들과 같은 놈들이니깐."

말을 마친 새벽이 번개같이 빠른 속도로 청년들을 쓰러트리고 승용차 있는 곳으로 달려갔다. 승용차에서 알약을 꺼내 들고 청년들에게 다가온 새벽이는 청년들에게 알약을 먹이고 문우를 부축하며 유유히 떠나갔다. 잠깐 사이에 일어난 일이지만 목격자가 있었다. 술에 취해 소변을 보던 취객과, 마약에 취해 청년들에게 끌려가던 소녀였다.

"청년들이 다 떠들어댈 것인데 이젠 어쩌죠? 누님 정체가 드러날 것인데?"

문우가 차량 뒷좌석에 몸을 기댄 채 새벽이에게 물었다.

"그런 일은 없을 거야. 저놈들이 내게 먹이려던 물뽕도 나중엔 기억을 못한다며? 그래서 나도 같은 조건의 약을 썼어. 아마 자신들이 누구에게 맞았는지, 왜 성기능이 마비됐는지도 모를걸."

새벽이가 말했다.

"아하! 대단합니다. 그런 약은 어떻게 만드신 겁니까?"

문우가 놀라는 표정으로 물었다.

"내가 만든 건 아니야."

대답을 하는 새벽이 눈에 눈물이 흐른다. 문우는 얼른 입을 다물었다. 괜히 아픈 곳을 건드린 것 같아서 미안하고 안쓰러운 눈으로 새벽이를 바라만 보았다.

승용차 운전을 하고 있는 새벽이는 마치 레이스를 하듯 엄청난 속도로 시내를 빠져나갔다. 어디로 가는 것인지 묻고 싶었지만 문우도 준영이도 입을 다물고 서로 눈치만 보고 있었다.

승용차는 고속도로에 올라섰다. 계속 달리기만 하는 승용차. 서해대교를 지나자 우측으로 빠지기 시작한다. 국도를 따라 한참을 더 달리다가 멈추는 승용차.

새벽이가 승용차를 세우고 차에서 내렸다. 승용차 뒷문을 열고 문우를 바라보는 새벽이.

"미안. 많이 다쳤는데 아프지? 잠시만. 내가 좀 봐줄게."

새벽이가 문우의 몸 상태를 살피더니 배낭을 열고 작은 가방을 꺼낸다. 작은 가방 속에서 약을 꺼내더니 문우의 상처에 발라주고 알약 하나를 문우에게 준다.

"먹어."

새벽이가 말했다. 문우는 입을 벌리고 알약을 받아 입에 넣었다. 알약은 금방 입안에서 사르르 녹으며 상쾌한 향기가 났다. 문우는 꿀꺽 삼켰다. 문우는 신기한 경험을 했다. 그 아프고 쑤시던 통증이 바로 사라지고 몸에 있던 상처들이 지우개로 지우듯 아물고 있었다.

"이, 이게 어떻게?"

문우는 자기도 모르게 물었으나 이미 새벽이는 바닷가로 걸어가고 있었다. 문우와 준영이도 차에서 내려서 바닷가로 걸어갔다.

"아! 여기가 대호방조제구나."

준영이가 소리쳤다.

"맞아! 여기가 대호방조제야."

문우가 말했다. 앞장서서 걷던 새벽이가 바닷가에 위치한 큰 건물로 들어간다. 해산물 요리 전문점이다. 문우와 준영이도 쪼르르 달려가 새벽이 뒤를 따라 들어갔다.

새벽이는 창가 자리에 앉아 창밖을 내다보고 있었다. 문우와 준영이가 얼른 가서 자리에 앉으려는데 누군가 새벽이에게 다가

와서 인사를 하고 있었다.

"어이구, 이렇게 찾아주셔서 감사합니다."

하얀 요리복을 입은 40대 남자는 이 음식점 주인이었다. 뒤이어 아주머니도 다가와서 인사를 했다.

"안녕하세요? 처음 인사드립니다."

아주머니가 공손히 인사를 했다. 새벽이가 일어나 인사를 받으며 앉으라는 손짓을 했다. 주인과 아주머니가 새벽이 앞자리에 앉았다. 셋이 이야기를 나누고 있는 모습을 본 문우와 준영은 멀리 떨어져 빈자리에 앉았다.

"잘 아시는 분 같아요."

준영이 말했다.

"그러게. 세상 구경 처음이라고 하시더니 길도 잘 알고, 아시는 분도 있고. 이 동네 사셨나."

문우가 고개를 갸웃하며 말했다.

멀리서 보니 새벽이와 이야기를 나누던 두 사람은 일어나 주방으로 갔다. 새벽이가 문우와 준영이에게 오라는 손짓을 했다. 문우와 준영이는 얼른 일어나 새벽이 앞으로 가서 앉았다.

"배고프니까 뭘 먹어야지. 해물탕 주문했어."

새벽이가 말했다.

"잘 아시는 분들 같아요?"

문우가 물었다.

"그래? 잘 알지. 오늘 이제 두 번째 만났지만."

새벽이가 말했다.

"네에? 두 번째 만났다고요? 엄청 친해 보였는데."

준영이 이해할 수 없다는 표정으로 새벽이와 문우를 번갈아 본다.

"저희 은공이십니다."

물을 들고 온 아주머니가 탁자에 물을 올려놓으며 말했다. 아주머니는 살짝 인사를 하고 다시 주방으로 갔다. 홀에는 손님들이 제법 많았다. 서빙하는 분들이 많은데 새벽이 앞에만 주인아주머니가 직접 물을 갖다놓고 갔다.

"아! 누님이 도움을 주신 분이군요?"

문우가 눈치를 채고 물었다.

"맞아! 여기가 8번째."

새벽이가 말했다.

"네에? 8번째라면 도움을 주신 분들이 많다는 이야기군요?"

준영이 물었다.

"전에 제부도 가서 조개구이 먹던 집의 새로운 주인이 될 분이 17번째야. 내 나이와 같이 1년에 한 사람씩 도움을 주려고."

새벽이가 말했다.

"누님이 자랑스러워요."

준영이 엄지손가락을 치켜세워 보이며 말했다.

"그 돈은 전부 저번처럼 그렇게 생긴 돈이죠?"

문우가 알겠다는 표정으로 물었다.

"바보. 세상 구경 처음이란 말을 못 들은 거야? 내가 조용히 내 모습을 드러내지 않고 살려고 가만히 있었는데 이번이 처음 이라니깐. 아직도 이해가 안 돼? 난 세상에 절대 나오면 안 되는 사람이야. 내가 스스로 그걸 알고 봉인했어. 놈들이 그분을 납치만 안 했어도 나는 나오지 않았을 것인데, 그들이 스스로 자초한 것이니 그들이 책임져야지."

새벽이가 말을 하며 다시 눈물을 흘린다.

"죄송합니다. 정말 죄송해요."

문우는 얼른 사죄를 했다. 또다시 새벽이 눈에 눈물을 보이게 했으니 당황해서 얼른 사죄부터 한 것이다.

"도박장에 가서 그렇게 돈을 딴 것도 처음이고. 사람을 다치게 한 것도 이번이 다 처음이야. 난 오로지 내 힘으로 돈을 벌고 노력해서 어려운 사람들을 돕고 있었어. 일반 사람들처럼 그렇게 그냥 살고 싶었어. 잠시 따라와."

새벽이가 자리에서 일어났다.

"10분 후에 올게요. 음식 준비해놓으세요."

주인아주머니에게 그렇게 말을 남기고 새벽이는 식당을 나와 작은 동산을 돌아 인적이 없는 바닷가로 갔다.

"잘 봐. 내가 어떤 사람인지."

　새벽이가 말을 하더니 손가락을 움직였다. 그런데 보라, 하얗게 떠오르는 물고기. 다시 물고기는 사라지고 바다가 춤을 춘다. 물줄기가 허공으로 올라와 춤을 추고, 다시 바닷물은 제자리로 가고 바닥에 깔린 돌들이 올라와 춤을 춘다.

"봤어? 이게 인간이라고 할 수 있어? 이런 사람이 세상에 나오면 어찌 되겠어? 그래서 나는 내 자신을 봉인한 것이야. 사람 천 명, 만 명도 손짓 하나에 죽일 수 있고 도로의 수많은 자동차도 손짓 하나에 전부 고철로 만들 수도 있어. 건물도 모조리 파괴할 수도 있고. 이게 사람이냐? 너희가 보기엔 어때?"

　문우와 준영은 할 말을 잃고 마치 정신 나간 사람처럼 멍하니 서 있었다.

"명심해. 너희들마저 내 벗이 되질 못하고 이런 사실을 다 떠들고 다니면 내가 어찌 변할지 나도 몰라. 그러니 그냥 지금처럼 내 곁에서 그렇게 있어줄래?"

　새벽이가 말했다. 두 눈에 눈물이 주르륵 흐르면서 문우와 준영을 본다.

"알겠습니다. 하늘에 맹세코 반드시 누님 곁에 있겠습니다."

문우가 먼저 말했다.

"저도요. 절대 입을 놀리지 않겠습니다."

준영이도 말했다.

"고맙다. 들어가자. 배고프다."

새벽이가 식당을 향해 걸어간다. 문우와 준영이도 따라 걷기 시작했다.

'요녀. 정말 그렇게밖에 볼 수 없다. 인간의 능력이 절대 아니야. 만약 이 누님이 세상을 향해 한을 품는다면 세상은 종말을 맞이할 거야. 정말 무섭다. 인간의 능력이 어찌 이럴 수가.'

문우는 새벽이의 뒤를 따라가며 그렇게 생각했다.

"큰형님 생각은 절대 옳지 않다. 그건 스스로 무덤을 파는 행위다. 무슨 수를 쓰든 막아야 한다."

문우는 혼자 중얼거렸다. 무슨 뜻일까? 큰형님은 또 누구일까?

"정말 대박이다. 너무 신기해. 나도 가르쳐달라고 해야겠다."

준영이는 다른 생각을 가지고 있었다.

식당에 들어서자 이미 음식이 탁자에 준비되어 있고 해물탕이 끓기 시작하고 있었다. 새벽이가 자리에 앉고 문우와 준영이가 자리에 앉자 주인 부부가 나왔다.

"차린 것은 없지만 맛있게 드세요. 이렇게 대접하게 돼서 영광입니다. 은공."

주인 남자가 먼저 말했다.

"아가씨 덕에 이젠 삶의 행복을 만끽하고 있어요. 정말 감사합니다. 오늘 이렇게 찾아주셔서 너무 고맙고요. 제가 손질해드릴게요. 여보! 당신은 주방 일 보세요."

주인아주머니가 말했다.

"제 생각만 하고 불쑥 찾아와서 폐가 되지 않을까 걱정입니다."

새벽이가 말했다.

"별말씀을요. 사업에 실패하고 스스로 강에 뛰어든 저이를 아가씨가 그 거센 강물에 뛰어들어 구해주셨다고 들었습니다. 그리고 아르바이트를 해서 모은 돈까지 저이에게 주셨다고 들었습니다. 세상에 이런 은혜가 어디 있겠어요. 정말 고맙고 감사합니다."

주인아주머니가 진심으로 고마워하는 모습을 보고 문우는 괜히 자신이 감동을 받고 있었다.

"그때 고등학교 들어가서 편의점 아르바이트를 1년 하면서 모은 돈이 고작이었죠. 얼마 되지도 않는 돈을 가지고 이렇게 성공하셨으니 사장님이 대단하신 겁니다."

새벽이가 말했다.

"얼마였는데요?"

준영이가 불쑥 물었다.

"1,600만 원이라고 들었습니다."

주인아주머니가 대답했다.

"그랬지요. 그 돈으로 중고 트럭을 사서 생선 장사를 하셨다고 했지요. 그때 만나셨다고요?"

새벽이가 주인아주머니에게 물었다.

"네! 저희 아버지께서 어부였거든요. 매일 생선을 가지러 오시는 분을 시장에서 보고 자연스럽게 인연이 됐어요."

주인아주머니가 대답했다.

"아무튼 정말 행복해 보여서 저도 기분이 좋습니다."

새벽이가 말했다.

"다 아가씨 덕입니다. 이런, 이야기가 길어졌네요. 어서 드세요. 손질 다 했어요."

주인아주머니는 가위와 집게를 놓고 살짝 고개를 숙여 인사를 하고 주방으로 갔다.

"맛있다. 먹자."

새벽이가 먼저 한 숟가락 떠서 먹으며 말했다. 그런 새벽이를 문우는 벅찬 마음으로 바라본다.

'손짓 하나로도 강물에 빠진 사람을 구할 수 있는 능력이 있는데 자신을 드러내지 않으려고 스스로 강물에 들어가 헤엄치면서 구했다는 것은 정말 자신의 능력을 스스로 봉인했다는 것을 의미한다. 편의점 아르바이트를 해서 1,600만 원을 모아 그 돈을 어려운 사람에게 준다는 것도 일반인들은 할 수 없는데 그만큼 심성이 착하다는 것을 의미하고. 요녀라, 요녀라. 과연 그 말이 맞나? 천사라고 해야 맞지 않을까.'

문우는 그렇게 생각했다.

그런데 분명 17명째라고 했다. 새벽이가 도움을 준 사람들의 수가 17명이라면 나머지 사람들은 또 어떻게 도운 것일까. 문우는 음식을 먹으면서도 자꾸만 새벽이에게 시선이 가고, 주방에서 새벽이만 바라보는 주인아주머니를 보며 그런 생각에 잠겼다.

* * *

깊은 밤.

문우는 어디 가고 준영이 혼자 잠들어 있었다. 갑자기 들려오는 시끄러운 소리에 준영은 잠에서 깼다. 옆방 새벽이가 잠든

방에서 들리는 소리다. 용기를 내어 준영은 옆방으로 가봤다. 아무도 없었다. 방 안이 어지럽혀져 있고 새벽이의 모습은 보이지 않았다.

"이게 무슨 일이지? 문우 형님은 또 어딜 가고."

준영은 호텔을 뛰어 나갔다. 혹시나 새벽이와 문우 흔적을 찾을 수 있을지도 모른다는 생각에서였다. 그러나 아무 흔적도 없었다.

그 시각, 문우는 어떤 건물에 들어가 있었다.

문우 앞에는 40대 양복을 입은 남자가 소파에 앉아 있고, 그 옆에 검은 복장을 한 여자와 남자가 양 옆에 서 있었다.

"절대 안 됩니다."

문우는 그 40대 남자 앞에 무릎을 꿇고 앉아 있었다. 문우가 단호하게 말했다.

"왜? 이유가 뭐냐? 네가 그토록 그년을 무서워하는 그 이유가 뭐야? 그새 정이라도 들었느냐?"

40대 남자가 호통을 치듯 말했다.

"지금이라도 그냥 멈추세요. 다 큰형님을 위해서입니다."

문우가 다시 말했다.

"야! 문우야! 네가 큰형님을 물로 보는 거야? 서울 강남을 통일한 형님을? 그깟 계집이 뭐가 그렇게 무섭다고 그 난리야? BB

클럽의 소식은 들었다. 그 하찮은 놈들과 큰형님을 비교해?"

40대 남자 옆에 서 있던 검은 복장의 남자가 말했다.

"그게 아닙니다. 우리가 상대할 분이 아닙니다. 그러니 그냥 멈추라고 연락하세요."

문우는 다시 말했다.

"이미 늦었다. 방금 그년을 자루에 담아 가지고 오고 있다고 연락을 받았다."

40대 남자가 말했다.

"그럼 지금이라도 그들 손에서 해결하라고 하세요. 이곳으로 데리고 오지 말고."

문우가 말했다.

"문우 넌 내가 가장 사랑하는 내 동생이다. 그런데 오늘 보니 겁쟁이가 다 됐구나? 너한테 실망이다."

40대 남자가 말했다.

"다시 한번 부탁드립니다. 지금이라도 멈추세요. 제발요. 다 큰형님을 위해서 드리는 말씀입니다."

문우가 말했다.

"시끄럽다. 그만 가거라. 꼴도 보기 싫다."

40대 남자가 손으로 나가라는 신호를 했다. 우르르 청년들이 다가와 문우에게 나가라고 했다. 문우는 할 수 없다는 듯 일어나 40대 남자에게 절을 올리고 그곳을 나갔다.

"저런 녀석을 봤나. 저 문우 녀석이 언제부터 저런 겁쟁이가 됐지. 그년에게서 반드시 그 여자 행방을 물어야 한다. 그 여자는 걸어다니는 보배니까 반드시 찾아야 한다. 그런데 저 문우 녀석이 왜 그렇게 겁을 내지. 알 수 없는 일이야."

40대 남자는 혼자 고개를 흔들며 중얼거린다.

잠시 후 문이 열리고 30대 남자들이 자루를 하나 메고 들어왔다.

"그년을 잡아 왔습니다."

30대 남자 하나가 공손히 인사를 하며 말했다.

"풀어라. 어디 그년 얼굴이나 보자."

40대 남자가 소파에 앉아서 손짓을 하며 말했다. 30대 남자들이 자루를 풀자 그 속에서 새벽이가 꽁꽁 묶인 상태로 나왔다.

"입을 풀어줘라."

40대 남자가 말했다. 청년 하나가 가서 새벽이의 입을 막고 있던 테이프를 떼어냈다.

"묻겠다. 네가 가지고 다니는 그 약을 만든 여자가 어디 있느냐? 그것만 말하면 넌 살려주겠다."

40대 남자가 말했다.

"뭐야? 킥킥… 나를 잡아 온 이유가 그걸 알려고? 난 또. 너희들이 알고 있나 하고 스스로 잡혀 온 것인데. 모르는 놈들이라."

새벽이가 비웃으며 40대 남자를 바라본다. 그런데 새벽이를 묶은 줄들이 마치 썩어서 떨어지듯 조각조각 흩어지고 있었다.

"헉!"

40대 남자는 무척 놀란 모양이다. 소파에서 벌떡 일어서며 새벽이를 바라본다.

"내가 세상에 나온 이유가 그분을 찾기 위함이다. 너희는 왜 그분을 찾으려는 것이냐? 아하! 돈을 벌려고? 그래. 인간들은 그래서 그분을 납치했겠지. 잘 들어. 보아하니 문우도 이곳을 다녀간 모양이군. 아마도 너를 살리려고 멈추라고 했겠지? 문우 말을 들었어야 했어. 그게 너의 마지막 선택이었는데. 안타깝군."

새벽이가 말했다.

"뭐라는 거야. 미친년!"

30대 남자들 10여 명이 우르르 달려들었다. 40대 남자는 여유 있게 팔짱을 끼고 구경을 하고 있었다.

"너희들은 좀 맞자."

새벽이가 말을 마치고 움직이기 시작했다.

팔랑팔랑. 노랑나비처럼 돌아다니며 청년들을 주먹으로 치고 발로 차는데 청년들은 새벽이의 털끝 하나도 건드리지 못하고 있었다.

"와! 대단하다. 문우가 저래서 겁을 먹었군! 저년을 내 오른팔로 만들어야 하겠다."

40대 남자는 그렇게 생각이 바뀌고 있었다.

청년들이 다 쓰러지자 40대 남자 곁에 있던 남자와 여자가 동시에 새벽이를 공격했다. 그러나 역시 몇 대 얻어맞고 뒤로 물러나더니 품에서 칼을 꺼내 들었다.

"흠…! 그런 것을 꺼내면 때리는 것으로 그칠 순 없지."

새벽이가 입가에 미소를 띠며 말했다.

검은 복장의 남자와 여자는 서로 눈을 주고받으며 새벽이를 공격하기 시작했다. 그러나 마치 무게가 없는 한 마리 나비인가, 마치 허공을 찌르는 것 같았다. 검은 복장의 남녀는 순간 당황했다.

"겨우 그런 솜씨로 나를 어떻게 하겠다고?"

새벽이가 비웃더니 갑자기 번개같이 공격을 했다. 퍽퍽 소리가 나며 검은 복장의 남녀는 앞으로 꼬꾸라졌다.

짝짝.

"흐흐… 대단하다. 정말 대단해."

40대 남자가 손바닥으로 박수를 치며 새벽이를 향해 한발 앞으로 걸어 나왔다.

40대 남자는 품에서 권총을 꺼냈다.

"난 아까운 인재는 꼭 내 편으로 만드는 습관이 있지. 내 오른
팔이 되어 나를 따르겠느냐? 아니면 죽여줄까?"

40대 남자가 새벽이에게 권총을 겨누며 물었다.

"오! 그게 총이란 물건이구나. 그런 것은 들고 다니면 안 된다
고 배웠는데. 넌 그런 공부는 안 했니?"

새벽이가 배시시 웃으며 말했다.

"이년은 역시 살려두면 안 되겠군."

40대 남자는 권총의 방아쇠를 당겼다. 아니, 그렇게 느꼈다.
그런데 이게 무슨 일인가. 자신이 들고 있던 권총이 마치 재처럼
가루가 되어 떨어지고 있는 것이 아닌가.

"그런 위험한 물건은 사라져야 하는 것이지. 이제 너도 좀
맞자."

새벽이가 말을 마치고 번개같이 날아 40대 남자의 복부를 걸
어찼다. 40대 남자는 비명도 못 지르고 그대로 앞으로 꼬꾸라
졌다.

40대 남자는 그때서야 문우가 왜 그토록 멈추라고 했는지 그
이유를 알았다.

"이거 어쩌지? 약을 가지고 오지 않았어. 난 너희들을 그냥 살
려주려고 했는데. 내 정체를 알고 있는 너희들을 그냥 살려둘
수도 없고. 이를 어쩐다. 너! 네가 말해봐. 어떻게 해줄까?"

새벽이는 40대 남자의 옆구리를 발로 툭 차며 물었다.

"살려주십시오! 그럼 그 여자가 어디에 있는지 우리가 그동안 조사한 것을 공유해드리겠습니다. 아가씨께서도 그 여자를 찾으려는 것 아닙니까?"

40대 남자가 고통을 참으며 겨우 말했다.

"뭐라? 너희도 모르니까 나에게 물으려고 한 것 아니냐? 살고 싶어서 거짓말을 하겠다고?"

새벽이가 다시 40대 남자의 옆구리를 걸어차며 말했다.

"맞습니다. 저희도 모릅니다. 단지 BB 클럽 지하 깊숙한 곳에 있을 것이라고 알아낸 것이 전부입니다. 그래서 아가씨께서 BB 클럽 지하 그곳에서 나온 사실을 알기에 밝혀냈나 하고…."

40대 남자가 힘들어하는 목소리로 겨우 말했다.

"아! 그래? BB 클럽 그 지하에 공장이 있을 수 있다는 이야기군. 내가 왜 그 생각을 못 했지. 그럼 하나만 묻자. 모 회장 아들이 둘이 맞나?"

새벽이는 왜 그런 질문을 했을까? 뭔가 석연치 않은 구석이 있어서 그런 의심을 한 새벽이다.

"어제 과로로 죽었다고 장례식장에서 들은 그 아들이 둘째고, 첫째는 BB 클럽 운영자고요. 둘째 부인에게서 얻은 아들과 딸이 하나씩 있습니다. 그 아들은 관광호텔 운영을, 딸은 모 회장과 같이 움직이는 것으로 압니다. 저희들 생각에는 아가씨가 찾는 그 여사와 관련된 당사자가 그 딸일 것으로 생각합니다."

40대 남자가 말했다.

"그래? 도움이 됐다. 너희들을 살려주는 대신 조건이 두 가지 있다. 어떠냐? 조건을 받아들이겠느냐? 하나는 나에 대해서 입을 놀리지 말라는 것이고, 소문이 퍼지면 반드시 찾아와 모두 죽인다. 둘째는 BB 클럽 지하실에 들어갈 때 같이 들어가자는 것이다. 그 도움을 준다면 오늘 너희와 나의 빚은 없는 것이다."

새벽이가 말했다.

"알겠습니다. 비록 건달이지만 약속은 지킵니다."

40대 남자가 말을 하고 고개를 들어 새벽이를 봤다.

"흠…! 거짓은 아니군. 그럼 3일 후에 보자. 시간은 문우를 통해 전달하겠다."

새벽이가 말을 마치고 천천히 걸어 나가기 시작했다.

"정말 건드리지 말아야 했어. 문우 그 녀석이 옳았어. 저건 인간이 아니야. 어디서 저런 여자가 나왔지."

40대 남자는 그렇게 생각하며 사라져가는 새벽이의 뒷모습을 물끄러미 바라만 보고 있었다..

5

아기를 위해

◆

  흐르던 세월을 잠깐 거슬러 올라가면, 아버지의 뜻을 받아 처
녀의 몸으로 임신을 했지만 태아 때부터 특별한 아기라는 것을
알았다. 걷다가 또는 달리다가 넘어져도 신기하게 무진의 몸은
땅에 닿지를 않았다. 그냥 공중에 부양하듯 그렇게 아기는 자신
을 보호했다.
  지나가다가 실수로 누가 휘두른 물체도 신기하게 무진이 근
처에서 멈췄다. 심지어 자동차까지 무진이 몸에 충격을 주지
못하고 근처에서 멈췄다. 무진은 그런 아기가 소중하면서도 두
려웠다.
  아기는 태어나면서도 자신은 물론 엄마를 지켰다. 엄마의 하
혈은 물론 몸도 원상태로 바로 돌려놓았다. 그러나 자라면서 아

기의 손은 잔인했고 요사스러웠다. 멀쩡히 잘 자라는 토끼도 아기가 장난을 치면 어육이 되거나 앞다리를 없애고 두 뒷발로 일어나 걸어다니게 했다. 닭은 알을 낳지 않고 병아리를 낳았다. 아기가 마당에 나가 놀면 개미부터 지네는 물론 뱀까지 아기 근처에 와서 아기 주위를 돌며 아기를 보호하는 것 같았다. 그러나 아기는 그런 곤충이나 동물들을 아무렇지 않게 죽이고 여기저기 자르고 붙이고 온통 자연의 순리를 뒤죽박죽으로 만들어 놓았다. 무진은 그런 아기를 그냥 놔두면 안 되겠다는 생각에 모든 지식을 동원해서 아기를 고치려고 약을 만들기 시작했다. 차츰 자라면서 아기의 잔인함과 폭력적인 성격이 사라지도록 무진은 약을 만들어 아기를 치료하기 시작했다. 그 결과 아기에게서 차츰 잔인함이 사라지고 폭력적인 마음이 사라져갔다. 어느 정도 자란 아기는 스스로 자신을 봉인하기 시작했다. 엄마 무진도 눈치채지 못할 정도로 일반적인 아이들처럼 자라고 있었다. 무진은 그런 아기가 무척 고마웠다. 그러나 무진은 아기를 계속 치료하는 데 모든 지식을 다 동원했다.

어느덧 아기는 고등학교에 들어가 수학여행을 떠났다. 그렇게 가기 싫다는 아기를 무진은 등을 떠밀어 제주도로 수학여행을 보냈다.

아기가 수학여행을 떠나고 이틀째 되는 날, 무진은 시장에 다녀오는 길에 남자들한테 납치를 당하고 말았다. 남자들은 무진이 살던 집에 들어가 뭔가 찾으려고 했지만 어쩐 일인지 도저히 들어갈 수가 없었다. 무진은 그렇게 누군가에게 납치를 당하고 말았다.

수학여행에서 돌아온 새벽이는 엄마를 찾아 세상에 나가기 위해 그동안 봉인했던 자신의 능력을 풀기 시작했다.

"만약을 위해 나는 엄마의 몸에 내가 만든 그 괴이한 그림자를 심어놓고 수학여행을 갔었지."

새벽이가 문우와 준영에게 지난 이야기를 말해주고 있었다.

"결국 엄마를 찾아 나오신 것이군요?"

문우가 물었다.

"맞아! 엄마를 찾아 나오게 된 것이지. 10년 이상을 스스로 하나하나 봉인했는데 이젠 내가 스스로 그 봉인을 다 풀어버린 것이야. 다행인 것은 엄마에게도 그리 나쁜 일만은 아니란 것이지. 엄마의 미래를 보면 새로운 인연이 생길 그런 일이어서 엄마에게 무슨 일이 일어날 것을 알면서도 수학여행을 갔던 것이지."

새벽이가 약간 씁쓸한 미소를 지었다.

"그런데 BB 클럽 지하는 왜 3일 후에 습격하기로 한 거예요?"

문우가 물었다.

"그날 무슨 댄스파티가 있다고 하더라. BB 클럽이 좀 혼잡할

것 같아서 우리가 지하실을 습격하기엔 안성맞춤 같아서 말이
야. 우리가 지하실을 습격하는 소리가 조금은 묻힐 것 아니야."

새벽이가 말했다.

"그럼 그때까지 뭘 할까요?"

문우가 다시 물었다.

"오늘 밤 그 망나니 아들 녀석을 좀 보고, 내일은 개업식에 가
야지. 16번째."

새벽이가 말했다.

"오! 16번째 도움주신 분도 음식점 개업해요?"

준영이 입맛을 다시며 물었다.

"맛있는 것 먹고 싶은 모양이네."

새벽이가 묘한 미소를 짓는다.

"아니, 뭐 꼭 그래서는 아닌데…"

준영이 손으로 머리를 긁적이며 쑥스러워한다.

* * *

밤이 되었다.

BB 클럽 7층. 모 회장의 망나니 아들은 술이 취해 소파에서 성신이 몽롱한 상태로 졸고 있었다.

"흠… 놈이었어. 체취를 보니 아무도 모를 것이라 생각하고 놈이 쓰던 살인 도구를 사무실 저쪽 금고에 넣어두었군. 증거물은 찾았고. 이유가 뭘까? 여자도 그렇고 남자도 살해한 목적이."

새벽이가 한쪽에 몸을 숨기고 모 회장 아들이 졸고 있는 모습을 관찰하고 있었다.

"증거 인멸을 하면 안 되지. 놈이 설정한 비밀번호를 내가 바꿔주지. 그리고 저놈은 동성애자 같네. 맞아! 동성애자. 그럼 여자들은 왜? 아무튼 그런 수사는 경찰이 하겠지."

혼자 중얼거리던 새벽이는 갑자기 자취를 감췄다.

* * *

이른 아침에 경찰서 연쇄살인범 특별수사팀에 준영이 나타났다.

"무슨 일로 왔니?"

형사가 준영이를 보고 물었다.

"신고하려고요. 연쇄살인범이 누구며 증거물이 어디 있는지 알려드리려고요."

준영이 말했다.

"뭐라고? 그게 정말이야?"

형사들이 관심을 보이기 시작했다.

"범인은 모두철. BB 클럽 운영자고요. 증거물은 7층 사무실 금고에 그가 사용한 무기가 있어요."

준영이 말했다.

"확실해? 거짓 신고를 하면 처벌받는다."

두 명의 형사들이 협박조로 말했다. 그 험악함에 준영은 풀이 죽었다. 그러나 담당 형사가 그들을 제지했다.

"어찌 알았어?"

앞의 형사가 차분하게 물었다.

"누군가 제게 가르쳐줬어요. 증거 인멸을 하기 전에 얼른 사무실부터 조사를 하시라고요."

준영이가 말했다.

"누가? 너에게 알려준 그 누군가가 법을 모르나본데. 압수수색은 영장이 있어야 하고 연행도 합당한 이유가 있어야 하는데. 무조건 이유도 없이 '그냥 네가 범인 같아서 연행한다' 그렇게 할 수는 없어. 너에게 가르쳐준 그 사람이 그건 몰랐나보다."

형사가 차분하게 설명했다.

"이거요."

준영이 두 장의 서류를 형사에게 건넸다.

"이, 이건… 이게 사실이야?"

형사가 놀라며 물었다.

"네! 사실이랍니다."

준영이 대답했다.

"그럼 네가 동행을 하겠다고?"

형사가 물었다.

"네! 그래야 한다고 했어요."

준영이 대답했다.

"이유는?"

형사가 다시 물었다.

"사망한 모 회장과 과로로 숨진 이곳 특수부 반장님이 모종의 거래를 했듯이 아직도 형사님들 중에 혹시 있을지 모르는 관련자의 연락을 미리 예방해야 한다고 말했어요."

준영이 말했다.

"알았다. 내가 반장님께 보고하고 나올게. 잠시만 기다려라."

형사는 준영이의 등을 손바닥으로 다독거리고 반장실로 들어갔다. 형사는 곧바로 나왔다.

"가자! 긴급 출동이다."

세 명의 형사들과 준영은 급히 BB 클럽으로 향했다.

"그런데 다른 형사들도 있는데 왜 내게 와서 신고를 했지?"

담당 형사가 차 안에서 준영에게 물었다.

"꼭 형사님을 찾아가라고 했어요. 형사님만 믿을 수 있다고 하시면서. 헤헤…."

준영이 말을 해놓고 다른 형사들이 바라보자 쑥스럽게 웃었다.

* * *

BB 클럽 7층 모두철의 사무실.

아침부터 모두철은 짜증이 많이 났다. 갑자기 금고의 비밀번호를 잊어버린 것이다. 아니, 자신이 설정한 비밀번호가 분명히 아니었다.

"젠장! 왜 비밀번호가 바뀐 것이지. 내가 술에 취해 바꿨나?"

짜증스럽게 금고를 발로 찬 모두철은 소파에 앉아 담배를 입에 물고 불을 붙였다.

똑똑.

"누구야?"

노크 소리에 모두철은 짜증스럽게 물었다.

덜컹 문이 열렸다.

"경찰입니다. 당신을 연쇄살인 용의자로 긴급 체포합니다. 당신은 변호사를 선임할 수 있고, 법정에서 불리한 진술을 거부할 수도 있습니다."

형사가 모두철에게 수갑을 채웠다.

"혐의를 입증하지 못하면 당신들 옷 벗을 각오를 해야 할 것이야."

모두철이 당당하게 한마디 했다.

"이곳에 금고가 있습니다."

형사 하나가 금고를 발견하고 말했다.

"가서 열어."

형사가 준영에게 말했다. 준영은 금고로 가서 곧 금고 문을 열었다. 새벽이가 가르쳐준 비밀번호를 준영이가 외우고 있었던 것이다.

"어! 어떻게?"

모두철이 놀라 자기도 모르게 물었다.

"나이는 어리지만 금고 전문가야."

형사가 대답했다.

"여기 둔기와 칼. 범행에 사용한 도끼도 있습니다."

젊은 형사가 말했다.

"증거물로 수거해서 국과수로 보내."

담당 형사가 말했다.

그렇게 모두철은 체포되어 경찰서로 연행되었다.

* * *

"그 망나니 아들이 체포되면 댄스파티는 취소되지 않을까요?"

문우가 새벽이에게 물었다.

"아니, 실질적인 대표는 아직 모습을 드러내지 않았어. 그가 나타나게 하려고 망나니 아들을 체포하게 했던 것이야. 그러니 제3의 인물, 모 회장의 두 번째 아내가 낳은 아들이 댄스파티를 주관하게 될 것이야. 그가 나타나야 해. 그리고 모 회장의 딸도. 엄마의 납치 주범이 그 모 회장의 딸이니까. 꼭 죽여야지. 내가 봉인을 풀게 한 대가를 치러줘야지."

새벽이가 비장한 표정을 지었다.

"준영이 데리러 갔다 올게요."

문우가 일어서며 말했다.

"이곳 행적 노출 안 되게 택시 타고 경안고등학교 앞으로 와. 그곳에서 내려서 우측 골목으로 쭉 들어오면 돼."

새벽이가 말했다.

"알겠습니다. 그곳이 16번째 그분이 있는 곳입니까?"

문우가 물었다.

"아니야. 감시카메라가 없는 곳이야. 우리가 갈 곳은 멀어."

새벽이가 말했다.

"알겠습니다."

문우는 대답을 하고 곧 나갔다.

새벽이도 준비를 하고 곧바로 나갔다.

* * *

점심시간이 다 돼서 새벽이 일행을 태운 승용차는 강원도 오대산을 오르고 있었다. 울창한 숲길을 따라 꼬불꼬불 오르는 고갯길.

진고개 정상에 휴게소가 있었다. 승용차는 휴게소에서 멈췄다.

"우선 화장실도 가고, 여기서 점심을 먹고 갑시다."

문우가 주차장에 차를 세우며 말했다.

"그래! 우선 화장실부터."

새벽이가 차에서 내려 얼른 화장실로 달려간다.

"저런 모습은 영락없는 귀여운 여고생인데."

문우가 새벽이 뒤를 보며 준영이에게 말했다.

"맞아요! 얼른 엄마 찾고 다시 일상으로 돌아갔으면 좋겠어요."

준영이 말했다.

"글쎄… 과연 그렇게 될지. 저분은 그러고 싶지만 사람들이 그냥 놔둘지 모르겠다. 너와 내가 저분이 그렇게 살아갈 수 있도록 최선을 다해 돕자."

문우가 말했다.

"알겠습니다. 형님!"

준영이 대답했다.

"들어가자. 배고프다."

"야! 너 참 귀엽다. 어때? 오늘 오빠하고 즐거운 시간 보내지 않을래?"

"아니, 왜 그러세요? 자꾸 그러면 소리 지를 거예요."

"오빠 무서운 사람이야. 말 안 들으면 다칠 수가 있어."

"으악! 살려주세요."

새벽이가 화장실에서 볼일을 보는데 멀리서 그런 소리가 들렸다. 새벽이는 볼일을 마치고 곧장 화장실 뒤 숲길로 들어갔다. 청년 하나가 딱 봐도 이제 고등학생으로 보이는 소녀를 위협하고 있었다.

"이런 깊은 숲엔 왜 들어왔어?"

새벽이가 소녀에게 물었다.

"나비 잡으려다가… 언니, 살려주세요."

소녀가 울면서 말했다.

"야! 넌 그냥 갈 길 가."

청년이 손에 칼을 들고 소녀를 위협하며 말했다.

"허… 이래서 내가 엄마를 찾아도 제자리로 갈 수 있을지 모르겠다. 어딜 가나 이런 놈들이 있으니."

새벽이가 손을 흔들었다. 그러자 청년이 사라졌다. 청년이 사라지자 소녀는 울면서 새벽이 앞으로 뛰어왔다.

"가자!"

새벽이는 소녀를 데리고 숲길을 벗어나 휴게소로 돌아왔다.

"언니, 고마워요."

소녀는 인사를 하고 식당으로 들어갔다. 식당엔 소녀의 가족들이 앉아 있다가 소녀가 들어오자 화장실 갔다 오는 줄 알고 크게 관심을 두지 않았다.

소녀는 자리에 앉아 새벽이를 바라보며 눈을 찡긋했다. 새벽이도 눈을 찡긋하고 문우 옆에 앉았다.

"살려주세요. 살려주세요."

어디선가 남자 목소리가 들렸다. 숲속 커다랗고 매끈한 소나무의 가느다란 가지 위에서 소녀를 위협하던 청년이 소리를 지르고 있었으나 아무도 듣지 못하고 있었다.

"내가 왜 여기에 있는 거야."

청년은 아무리 생각해도 기억이 나질 않았다. 청년의 소리를 듣는 사람은 새벽이뿐이었다. 새벽이는 슬그머니 미소를 지었다.

"나는 더덕구이와 손두부찌개. 뭐 먹을래?"

새벽이가 콧노래까지 흥얼거리며 말했다. 문우와 준영이가 의아한 표정으로 새벽이를 보다가 같은 음식으로 주문을 했다.

"저기요."

누군가 다가와서 문우에게 말을 걸었다. 20대 젊은 여성이다. 임신을 했는지 배가 불룩했다. 문우가 고개를 들어 여성을 바라본다. 평범하게 생긴 여성이다. 그런데 새벽이가 그 여성을 보고 반짝 이채를 띤다.

"마침 자리가 있으니 앞에 앉으세요."

새벽이가 여성을 보고 준영이 옆에 앉으라고 손짓을 하며 말했다.

여성은 새벽이를 잠시 바라보더니 자리에 앉았다.

"여기 1인분 추가요."

새벽이가 큰 소리로 주인에게 말했다.

"우선 음식부터 드시고 같이 동행해요."

새벽이가 20대 여성에게 말했다.

"고맙습니다."

여성은 고맙다는 인사를 하고 더 이상 말을 하지 않았다.

잠시 후 음식이 나오고 넷은 열심히 음식만 먹었다.

"언니! 제 전화번호예요."

숲에서 구해준 소녀가 음식을 먹고 나가며 새벽이에게 쪽지를 준다. 새벽이는 미소로 답하고 쪽지를 받아 주머니에 넣었다.

"저 소녀는 어떻게 알아요?"

문우가 물었다.

"지금 고민이야. 18번째를 누굴로 할까."

새벽이가 말을 하며 20대 여인을 힐끗 봤다.

"아! 누님의 즐거운 고민이네요. 제가 보기엔 18번째는 둘로 하시죠. 하하…."

문우가 여성을 보다가 새벽이를 보며 말했다. 새벽이가 살짝 미소를 지었다.

20대 여성은 며칠 굶었는지 허겁지겁 음식을 먹고 있었다. 새벽이는 그런 모습을 눈물을 글썽이며 바라보고 있었다. 엄마 생각이 나서였다. 엄마도 자신을 데리고 다니며 그렇게 굶고 사셨다는 것을 새벽이는 다 알고 있었다. 새벽이가 철이 들었을 때 겨우 알게 된 진실. 그때부터 엄마의 배고픔을 막아주려고 아르바이트도 하고 산에 다니며 약초도 캐고. 힘든 일 마다 않고 뭐든 했다. 손짓 하나면 해결이 될 일이지만 자신을 봉인하기 위해 그런 능력은 사용을 안 했다.

음식을 다 먹고 새벽이는 20대 여성을 승용차 뒷좌석에 태우고 자신도 그 옆에 탔다.

"고마워요, 동생."

20대 여성은 차 안에서도 새벽이에게 인사를 했다. 그런데 동생이란 그 말이 새벽이에겐 너무도 좋았다. 아무도 불러주지 않았던, 동생이라는 그 한마디가 새벽이에겐 새롭게 들렸던 것이다.

"아기 아빠는 걱정하지 마세요. 다시는 언니를 괴롭히지 않을 겁니다."

새벽이가 말했다.

"네에? 어떻게요?"

20대 여성이 놀라는 표정으로 물었다.

"기억을 잃었어요. 이제부턴 언니가 누군지, 아기가 누군지 모를 겁니다. 그러니 안심하고 자유롭게 사세요. 주문진에 친척이 있죠? 그러니 가시려는 것 아니에요?"

새벽이가 물었다.

"네! 사촌 언니가 그곳에 살아요. 언니도 혼자라 외로워서 저에게 오라고 했어요. 그걸 알고 남자 친구가 따라왔는데 아까 보니 소나무 위에서 살려달라고 소리 지르고 있더라고요. 왜 그곳에 올라갔는지 더 이상 저를 따라오지 못하니 안심이라고 생각했어요."

20대 여성은 눈물을 흘리며 말했다.

"제게 돈이 조금 있는데 도와드릴까요?"

새벽이가 그렇게 물으며 미소를 지었다. 이미 대답을 알고 있다는 표정으로.

"아닙니다. 아기를 위해서라도 처음 보는 분에게 폐를 끼칠 수야 없죠. 당당히 엄마가 노력해서 벌어서 잘 키울 겁니다. 그래야 우리 아기도 떳떳하게 잘 자라겠죠."

20대 여성은 손으로 눈물을 훔치며 밝게 웃었다.

"네! 훌륭한 생각입니다. 우리 연락처나 주고받을까요?"

새벽이가 말했으나 20대 여성은 고개를 살랑살랑 흔든다.

"핸드폰이 없으시죠?"

새벽이가 빙긋 웃으며 물었다.

"네! 아직."

20대 여성이 대답했다.

"제 번호예요."

새벽이가 쪽지에 번호를 써서 20대 여성에게 건넸다.

"고마워요. 핸드폰 구입하면 꼭 동생에게 연락할게요."

20대 여성은 새벽이가 준 연락처가 적힌 쪽지를 소중하게 지갑에 넣으며 말했다.

"어! 앞차가 왜 서지?"

문우가 승용차 급브레이크를 밟으며 말했다.

"어! 저건 아까 그 소녀잖아."

문우가 앞차에서 내리는 소녀를 보고 말했다. 소녀는 새벽이가 탄 차의 창가로 다가왔다. 새벽이가 창문을 내렸다.

"이거 드세요."

소녀는 아이스크림을 담은 봉지를 새벽이에게 준다.

"고마워."

새벽이가 받으며 말했다.

"우린 주문진해수욕장에 가려고요. 언니도 오세요."

소녀는 그 말을 남기고 앞차로 달려가 차에 탔다.

"하하… 정말 깜찍한 소녀네요."

문우가 말했다.

"저 애가 나에게 언니라고 부른 것이 억울한가 봐. 친구하자고 말을 하고 싶은 모양인데, 말을 꺼내지를 못하고 있는 것이야."

새벽이가 배시시 웃으며 말했다.

"동생은 어떻게 그런 걸 알아요?"

20대 여성이 신기한 듯 새벽이를 보며 물었다.

"저 애 얼굴에 그렇게 쓰여 있네요."

새벽이가 대답을 하고 빙긋이 웃는다.

"그럼 우리 주문진해수욕장에 가나요?"

준영이 물었다.

"아! 땀을 흘리고 갈까?"

새벽이가 생글생글 웃으며 말했다.

"네에? 땀을 흘려요?"

문우가 의아한 표정으로 물었다.

"개업하는 집에 간다니깐 맛있는 생각을 잔뜩 했지? 농장이야. 흑염소 농장."

새벽이가 웃으며 말했다.

"뭐라고요? 흑염소 농장? 그럼 흑염소 요리 먹나요?"

준영이가 물었다.

"흑염소 요리는 이제 개업하는 농장에서…. 일해야지. 먹이도 주고. 울타리도 손보고."

새벽이가 웃으며 말했다. 그런데 20대 여성이 새벽이를 빤히 본다.

"맞아요! 언니 사촌 언니가 미란 씨죠?"

새벽이가 미소를 지으며 물었다.

"네! 맞아요. 그걸 어찌 알았어요?"

20대 여성이 신기한 듯 물었다.

"언니 얼굴에 그렇게 써놓고 그걸 저에게 물어요?"

새벽이가 말했다.

"아! 정말 제 얼굴에 그렇게 쓰여 있나요?"

20대 여성이 얼굴을 붉히며 물었다.

"아니에요. 짐작만 했어요. 이제 다 왔네요. 저기 앞에서 우회전해서 조금 가다가 좌회전."

새벽이가 20대 여성에게 말을 하다가 문우에게 말했다. 문우는 새벽이가 말하는 대로 차량을 이동했다. 조금 가다보니 간판이 보였다.

"피이. 저게 뭐야, 촌스럽게. 미란 농장이."

새벽이가 농장 간판을 보고 웃는다.

"아! 그러고 보니. 맞죠? 외사촌 언니의 은인?"

20대 여성이 뭔가 생각난 듯 새벽이를 보며 물었다. 새벽이는 그냥 미소만 지었다. 농장에서 30대 여성이 기다리고 있다가 승용차가 서자 걸어온다.

"언니!"

20대 여성이 먼저 내려 소리치며 달려갔다.

"어서 와, 소은아!"

30대 여성이 20대 여성을 반갑게 안고 있었다. 승용차 문이 열리고 문우와 준영이 내리고 새벽이가 맨 나중에 내렸다. 30대 여성은 20대 여성과 안고 있던 자세를 풀고 얼른 달려와 새벽이 앞에 넙죽 엎드려 절을 올리고 있었다.

"은인께서 이렇게 방문해주시니 몸 둘 바를 모르겠습니다. 감사하고 고맙습니다."

30대 여성은 눈물까지 흘리며 연신 고개를 조아렸다.

"일어나세요. 이러시면 제가 부담돼요."

새벽이가 얼른 가서 30대 여성을 부축해서 일으켰다. 30대 여성은 일어나서 거실로 안내를 했다.

"직접 농사지은 오미자차입니다."

30대 여성이 붉은 빛이 나는 차를 가지고 들어와 탁자에 놓았다.

"제가 사기 결혼으로 피해를 입고 그 높은 곳에서 몸을 던졌는데, 지금 생각해도 어떻게 저를 안고 계셨는지 이해가 안 돼요. 저는 그렇게 다시 살고, 은인께선 세상에 나가는 데 필요 없다고 하시며 제게 돈까지 주고 가셔서 이렇게 농장을 개업하게 됐어요. 은인께서 도와주신 은혜 잊지 않고 앞으로는 남을 도우며 성실하게 살겠습니다. 은인께서 오신다고 해서 솜씨는 없지만 오리백숙을 만들어봤어요. 차를 드시고 계시면 음식을 내올게요."

30대 여성이 무한한 존경의 눈으로 새벽이를 바라보며 말했다.

"괜히 번거롭게 해드리는 거 아닌지 모르겠네요. 대신 일꾼도 데리고 왔으니 내일까지 많이 부려먹으세요."

새벽이가 미소를 지으며 말했다.

"네! 네! 그래요."

30대 여성은 문우와 준영을 번갈아 보며 미소를 지었다.

"네! 열심히 하겠습니다."

문우가 힘차게 말했다.

"얼른 오리백숙 먹고 나 혼자 주문진해수욕장에 갈게. 일들 열심히 해. 할 일이 많을 거야."

새벽이가 웃으며 말했다.

"엥? 우리도 해수욕장 가보고 싶은데요."

준영이가 말했다.

"눈치도 없는 놈. 누님이 그 소녀와 할 이야기가 있을 것 아니야. 우리가 끼면 되겠어?"

문우가 준영이의 뒤통수를 손바닥으로 툭 치며 말했다.

"헤헤… 그렇구나."

준영이 웃으며 고개를 끄덕였다.

"저도 아기를 위해 열심히 살겠어요. 도와주셔서 감사해요."

20대 여성도 새벽이에게 인사를 하고 주방으로 들어갔다.

6

내가 요녀야

◆

　주문진해수욕장.

　아직 이른 여름이라 사람이 별로 없었다. 바닷물도 아직 차가
워서 물에 들어가기는 이른 시기였다.

　바닷가 모래톱에 앉아 있는 새벽이 옆으로 음료수를 두 개 들
고 걸어오는 소녀. 뭔가 기분이 들떠 있는 모습이다.

　"바닷물 진짜 깨끗하지?"

　소녀는 새벽이에게 음료수를 하나 주고 앉으며 말했다.

　"그래! 동해바다는 항상 깨끗해."

　새벽이가 말했다.

　"저 바다를 바라보고 있으면 마음도 넓고 깨끗해져. 난 그래
서 바다가 좋아. 몇 살이야?"

소녀가 새벽이를 바라보며 물었다.

"난 17살. 너도 17살, 그렇지?"

새벽이가 웃으며 물었다.

"그래! 나도 17살이야. 우리 친구 할까?"

소녀가 용기를 내어 물었다.

"그래! 이름이 뭐야?"

새벽이가 대답과 동시에 물었다.

"난 초련. 너는?"

소녀 초련이 대답과 동시에 물었다.

"난 새벽. 이름이 그래."

새벽이가 말했다.

"새벽. 이름 좋다. 왠지 신비스러운 느낌이야."

소녀가 말했다. 소녀는 캔을 따서 쪽 소리가 나도록 음료수를 들이켰다. 새벽이도 음료수 캔을 따서 한 모금 마셨다.

"이 오렌지 주스는 참 상큼하고 맛있어."

새벽이가 음료수를 더 마시며 말했다.

"난 네가 정말 상큼하고 좋아. 내 어려운 위기에 구해줘서 더 고맙고. 그래서 더 미안해."

소녀는 살짝 미소를 지어 보이며 말했다.

"뭐가 미안해?"

새벽이가 물었다.

"너하고 정말 좋은 친구가 되고 싶은 마음은 진짜야. 그건 꼭 믿어줘."

소녀가 말했다.

"그, 그래. 그래."

대답을 하는 새벽이의 두 눈이 점점 감기고 있었다.

"졸려?"

소녀가 물었다.

"응. 왜 이렇게 졸리지."

새벽이는 소녀 어깨에 목을 기대고 잠이 들었다.

"넌 너무 예뻐. 그래서 미안해."

소녀는 손을 들어 흔들었다. 저 멀리 백사장에서 남자와 여자가 달려온다. 소녀의 가족으로, 같이 차를 타고 온 두 사람이다.

"역시 아가씨 솜씨는 최고예요. 이 아인 최상품이에요."

두 남녀는 새벽이를 업고 걸어간다. 그 뒤를 소녀가 생긋 웃으며 걸어갔다.

* * *

늦은 저녁까지 돌아오지 않는 새벽이 때문에 문우와 준영은 주문진해수욕장에 달려왔다. 새벽이가 타고 온 승용차는 그대로 있는데 새벽이는 없었다. 문우는 주문진을 다 돌아다니며 새벽이를 찾았다. 그러나 끝내 찾지 못했다. 문우는 결국 새벽이를 찾지 못하고 여기저기 아는 곳에 연락을 해서 도움을 요청했다.

다음 날. 초조하게 기다리며 핸드폰을 들여다보는 문우. 옆에 앉아서 아침을 맛있게 먹고 있는 준영이가 얄밉기까지 했다.

"넌 걱정도 안 되냐? 음식이 넘어가?"

문우가 퉁명스럽게 한마디 한다.

"세상에 누님을 어쩔 수 있는 사람이 있겠어요? 형님도 너무 걱정 마세요."

준영은 당연히 새벽이의 능력을 믿었다. 물론 문우 역시 새벽이의 능력을 못 믿는 것은 아니다. 핸드폰도 꺼져 있고 소식이 없으니 걱정을 하는 것이다.

"어딜 가셨을까요? 혹시 무슨 사고가 난 것 아닐까요?"

미란과 소은 역시 걱정을 하느라 밤새 잠도 못 잤다.

"우린 서울로 올라가야겠어요. 미리 올라가서 대책을 세워야 합니다. 두 분께선 너무 걱정하지 마시고 소식을 알게 되면 서로 연락하기로 해요."

문우가 미란과 소은에게 말을 마치고 일어섰다. 준영은 먹다 말고 눈치를 보며 따라 일어섰다.

* * *

아침이 돼서 눈을 뜬 새벽이. 자신이 꽁꽁 묶여서 차량 트렁크 속에 있다는 것을 알고 새벽이는 생각했다.

'음료수에 수면제를 넣은 것을 먹은 것 같지는 않고, 마약 같아. 그리고 그렇게 진실만을 보였는데 그 초련이 능력이 대단하군. 자신의 마음을 숨길 수 있는 능력이라니. 내가 그걸 몰랐어. 그 아이가 모 회장의 막내딸인 모양인데, 무서운 아이였어. 내가 처음 만난 아이야. 나를 어디로 데리고 가지? 문우에게 연락은 해야지. 걱정하고 있을 텐데. 내 핸드폰을 차량 앞에 숨겨놓은 모양인데 한번 찾아볼까.'

새벽이가 묶인 자세 그대로 눈을 뜨고 하얗게 웃었다. 초련이 앞 조수석에 앉아 있고, 남자가 운전하고 여자는 뒷좌석에 앉아 있는데 그 옆에 20대 여자가 잠들어 있었다. 그런데 자세히 보면 그 20대 여자도 손과 발이 묶여 있는 것을 알 수 있었다.

"강원도만 오면 둘은 기본이네."

초련이 핸드폰 두 개를 조수석 앞에 있는 공간 글로브박스에 넣고 의자를 뒤로 하더니 잠을 청한다.

"아가씨! 공장에 들렸다 갈까요?"

운전하던 남자가 물었다.

"이곳 공장은 극비라 함부로 갈 수는 없지. 그냥 안산으로 직행."

초련은 귀찮다는 표정을 지었다.

"약이 떨어져서요. 댄스파티 때 쓸 약이 모자랄 수도 있어요."

남자가 말했다.

"그래? 그럼 잠깐 들렸다 가자."

초련은 말을 하고 다시 눈을 감고 누웠다. 그런데 앞 공간에 전원을 끄고 넣어둔 핸드폰이 저절로 켜졌다. 그리고 저절로 메시지를 보내고 있었다.

문우는 차를 몰고 막 오대산 고개를 넘기 시작했다. 딩동. 메시지가 오는 알림에 얼른 핸드폰을 보았다.

"누님이다."

문우는 기쁨에 눈물까지 흘렸다.

(내 핸드폰 위치가 어딘지 정확하게 봐. 나는 괜찮으니 안심하고.)

메시지 내용은 그랬다. 문우는 즉시 핸드폰을 열고 새벽이의 핸드폰 위치를 추적했다.

"어라! 우리 뒤쪽이네. 저긴 소금강공원인데."

문우가 놀라 외쳤다.

딩동. 다시 메시지가 왔다.

(위치 찾았으면 그곳으로 천천히 와. 20분 정도 지나서.)

메시지 내용은 그랬다. 문우는 급히 숲속 길로 차량을 이동시켰다. 만약에 뒤쪽에서 오는 차량과 마주칠 염려가 있기 때문이다. 여기서 위치 추적을 하다가 지나가면 간다. 문우 생각은 영리했다.

* * *

새벽이를 태운 차는 어느 곳에서 잠시 멈추었다. 트렁크를 조금 열고 보니 비닐하우스였다.

'여기가 비밀 공장이라고. 앞에 납치된 여자에겐 미안하지만 잠시 고생 좀 하라고 하고 난 이곳에서 몰래 내려 이곳을 조사해야겠다. 놈들이 볼일을 보고 떠날 때 내려야지. 나를 확인하고 갈 수도 있으니.'

새벽이 생각은 그랬다.

잠시 후 운전하던 남자가 돌아왔다. 의식적으로 뒤쪽 트렁크를 열어 새벽이가 잘 있는지 확인을 한 남자는 다시 차에 올라타고 운전을 해서 떠나갔다. 그 순간 뒤쪽 트렁크에서 새벽이가 살그머니 밖으로 나왔다.

'핸드폰이 다행히 내 수중에 없군. 이제부터 근처에 있는 핸드폰부터 모두 못쓰게 만든다.'

새벽이의 손이 움직였다. 그리고 새벽이가 비닐하우스 속으로 들어갔다. 정말 그 속은 공장이었다. 겉만 보면 야채를 말리는 것 같은데 새벽이는 알 수 있었다. 엄마가 늘 만들던 약이라는 것을. 저쪽 공간에서 몇 명의 여성들이 작업을 하고 있었다. 그 옆에 뚱뚱한 남자가 그 여성들을 감시하고 있었다.

"누구냐?"

남자가 새벽이를 보고 소리쳤다. 새벽이는 대꾸도 없이 걸어서 다가갔다.

하나, 둘, 셋. 손에 칼을 든 청년들이 나타났다. 새벽이의 손이 움직이자 청년들이 손에 든 칼은 마치 썩어서 없어지듯 조각조각 떨어지며 청년들을 놀라게 했다. 그리고 청년들은 갑자기 픽픽 쓰러지더니 움직이지 않았다.

사태의 심각성을 느낀 뚱뚱한 남자가 핸드폰을 꺼내 연락을 하려다가 안 되자 핸드폰을 집어던지며 신경질적으로 일어섰다.

"네년은 누구냐?"

뚱뚱한 남자가 품속에서 권총을 꺼내 겨누며 새벽이에게 물었다. 다시 새벽이의 손가락이 흔들리고 뚱뚱한 남자의 손에 들린 권총도 가루처럼 흩어져버렸다. 갑자기 픽 소리가 나며 뚱뚱한 남자도 앞으로 꼬꾸라졌다.

"하나만 묻자. 여기 있는 사람이 다냐? 관리자가 너 하나 뿐이야?"

새벽이가 물었다.

"시장 갔어요."

옆에서 일을 하던 여성이 대답했다.

"관리자가 시장에 갔다고요?"

새벽이가 다시 물었다.

"그놈 마누라에요. 그년이 여기 주인이고요."

다른 여성이 대답했다.

새벽이 손가락이 슬그머니 움직였다. 뚱뚱한 남자는 축 늘어졌다.

"여러분들은 어떻게 여기 오시게 됐어요?"

새벽이가 여성들에게 물었다.

"우린 BB 클럽 퇴물들이죠. 나이가 들어 쓸모없다고 이곳으로 보내 작업을 시키는 거죠."

가장 나이가 많은 여성이 말했다.

"BB 클럽엔 어떻게 들어가셨어요?"

새벽이가 물었다.

"철없이 놀러 갔다가 물뽕인가 그것 때문에 노예가 됐지요."

이제 30대 후반처럼 보이는 여자가 말했다.

"BB 클럽에서요?"

새벽이가 다시 물었다.

"네! 어릴 땐 그곳에서 술 팔고 춤추고 몸 팔고. 나이가 들면 그 지하실 4~5층에서 이곳에서 가지고 간 약초로 약을 만들지요. 그곳에 갇혀서 일도 했지요. 그러다가 이곳까지 왔지요. 아가씨는 누구신가요? 우릴 구해주러 오신 천사 같은데."

여성이 두 눈에 이채를 띠며 새벽이에게 물었다. 새벽이가 막 대답을 하려는데 차 소리가 들렸다.

"그년이 왔네요."

여성들이 한목소리로 말했다. 입구를 바라보고 있으니 40대 여성이 장바구니를 들고 들어왔다. 여성은 쓰러진 남편과 청년들을 보더니 사태를 직감하고 도망치려고 했다. 그러나 새벽이의 손이 더욱 빨리 움직였다. 40대 여성은 그 자리에 쓰러져 움직이지 않았다.

"혹시 이 약을 만드는 걸 가르쳐주는 사람을 아세요?"

새벽이가 여성들에게 물었다.

"무진이라는 분이 가르쳐줘요. BB 클럽 맨 꼭대기 옥상에 살아요. 저녁에 8시쯤 한번 내려왔다가 바로 올라가더라고요."

제일 젊은 여성이 말했다.

"옥상이라고요? 흠… 헛걸음할 뻔했군. 지하실인 줄로만 알았더니."

새벽이가 혼잣말처럼 중얼거렸다.

"이런 약 말고 특수한 약을 혼자 만들고 있다고 하는 말을 얼핏 들었어요."

이번엔 30대 후반 여성이 말했다.

"이제 어떻게 살아갈 생각이세요?"

새벽이가 물었다.

"우리가 살아갈 세상이 있기나 할까요? 어디서 받아주기나 할까요? 이젠 어딜 가도 받아줄 사람 하나도 없죠. 가족들조차도 더러워진 몸을 받아주겠어요?"

여성은 질문을 던지며 울고 있었다.

"우선 여러분들 모두 어느 한곳에 머물게 해드릴 터이니 기다려주시겠어요? 제가 BB 클럽부터 없애고 여러분을 도와드릴게요."

새벽이가 말했다.

"정말요? 그렇게 해주시면 저희야 그 은혜 잊지 못하죠."

여성들은 이구동성으로 말했다.

밖에서 자동차 소리가 들렸다. 차 문 열리는 소리가 들리고 곧 문우와 준영이 하우스 속으로 들어왔다.

"누님!"

문우와 준영이 소리 지르며 달려오다가 바닥의 시체들을 보고 움찔했다.

"이 시체들부터 잘 묻어주고, 여기 이분들을 농장에 임시로 맡겨두고 가자. 이 하우스는 불태워야 할 것 같은데, 그건 내가 할게."

새벽이가 말했다.

"아, 알았어요."

문우가 얼른 대답하고 삽을 들고 땅을 파기 시작했다. 준영이도 삽을 들고 땅을 파고 여성들도 거들었다.

잠시 시간이 지나자 시체들은 감쪽같이 땅속에 묻혔다.

"모두 나와."

새벽이가 앞장서서 걸어 나가며 말했다. 여성들은 짐을 챙겨 들고 나가고 문우와 준영이는 약들을 챙겨 가지고 나갔다.

"이 약들은 나중에 소중하게 좋은 곳에 쓸 수 있으니 잘 챙겨."

새벽이가 그렇게 말했기 때문이다.

"모두 차량 두 대에 나눠서 타고."

새벽이가 말했다. 사람들이 차량에 타는 사이 새벽이 손을 움직였다. 비닐하우스에 불이 붙었다. 그런데 그 불이 이상했다. 연기도 냄새도 없이 타오르는 불길은 비닐은 물론 철 파이프까지 모두 재로 만들어 흔적이 없어졌다. 여성들은 그 신기한 광경에 넋이 나가 있었고, 문우와 준영이도 처음 보는 신기한 장면에 새벽이의 능력을 새삼 느끼고 있었다.

"세상에 다시는 나오지 말아야 할 능력이야. 나 또한 그렇고."

새벽이가 쓸쓸히 미소 지으며 중얼거렸다.

* * *

하루가 더 지나갔다.

BB 클럽. 수많은 사람들이 북적대며 시끄러운 소음이 근처 도로까지 퍼지고 있었다. 손에 몽둥이를 든 사람들이 은밀히 움직여 BB 클럽 지하로 숨어들었다.

지하실 입구에 선 새벽이의 손이 움직이자 마치 전파가 요동치듯 허공이 움직이며 퍼져나갔다.

"지금부터 지하실 5층까지, BB 클럽 1층까지 모든 핸드폰과 총, 칼은 못쓰게 했으니 마음 놓고 불쌍한 여성들을 구해주세요. 또한 젊은 여성들과 남자는 반드시 모두 죽이세요."

새벽이가 말했다.

"알겠습니다."

사람들은 몽둥이를 들고 지하실로 들어가기 시작했다.

문우와 준영에게는 비밀 업무가 주어졌다.

지하 1층부터 지키는 청년들의 저항이 거셌다. 2층은 여자들이 지키고 있었고 3층엔 또 다시 남자들이, 4층부터는 여자들이 지키고 있었다.

BB 클럽 옥상. 무진이 초조하게 기다리고 있었다.

"아가가 올 때가 됐는데. 아가와 나는 떨어져 있어도 서로 대화가 통한다. 오늘에야 아가가 내 위치를 알고 찾아올 것이다. 난 그것을 느낄 수 있다."

무진은 이미 짐을 싸놓고 아기를 기다리고 있었다. 덜컹 옥상으로 통하는 문이 열렸다.

"엄마!"

마치 나비처럼 날아와 안기는 새벽이. 무진은 아기를 꼭 안아주었다. 눈물을 쉴 새 없이 흘리며 무진은 아무 말 없이 아기를 꼭 안아준다.

"왜 그랬어?"

새벽이가 엄마를 안고 퉁명스럽게 물었다.

"아가를 위해 꼭 만들어야 하는 약이 있어서 그걸 만들기 위해 난 나를 납치한 자들을 이용했단다. 우리나라에 없는 약초들이기에 놈들을 이용해 수입을 하게 만들었단다. 핸드폰도 놈들이 처음부터 못쓰게 만들어 강에 버렸고. 너에게 연락을 할 방법이 없어서 네가 나에게 만들어 심어놓은 그 괴기한 그림자를 만나는 사람에게 붙여놓았단다. 그럼 네가 그걸 보고 날 찾아올 수 있다는 생각에서 국회의원, 특수본부장 두 사람에게 그랬다. 다른 방법으로도 아가를 빨리 찾아오게 할 수도 있었지만 그 약이 반드시 필요했단다."

무진은 아가를 꼭 안고 등을 다독거리며 말했다.

"엄마 몸은 다행히 괜찮네. 얼른 가자. 더 있으면 시끄러워져."

새벽이는 엄마 손을 잡고 앞으로 이끌었다. 무진은 가방을 메고 손에 하나를 더 들었다. 새벽이가 엄마 손에 든 가방을 받아 들었다. 새벽이와 무진은 노랑나비처럼 어른거리나 싶더니 옥상에서 자취를 감추고 사라졌다.

* * *

BB 클럽은 그야말로 혼잡 그 자체였다. 모두 젊은 남녀들이었다.

VIP 좌석이 높은 곳에 마련돼 있었다. 그곳에만 나이가 제법 많은 남녀들이 앉아 있었다.

"여러분들의 회춘을 도와줄 사람들을 여기서 점찍어주시면 한 분당 두 명씩 반드시 침실로 보내드리겠습니다."

젊은 남자가 돌아다니며 앉아 있는 사람들에게 말했다.

"어서 찍으세요."

젊은 남자는 다시 재촉을 했다. 나이가 많은 사람들은 저마다 맘에 드는 남녀를 손으로 찍기 시작했다. 여자는 남자를 찍고, 남자는 여자를 찍었다. 그들이 찍어준 남녀는 직원들이 사진으로 받아 들고 파티가 열리는 2층으로 향했다. 다시 VIP 좌석에 있던 사람들이 바뀌고 똑같이 맘에 드는 남녀를 골라 사진으로 찍어서 직원들에게 줬다. 그리고 그들은 4층으로 올라갔다. 4층에는 수많은 침실들이 다닥다닥 붙어 있었다. 침대 옆에는 냉장고가 있고, 그 냉장고 안에는 달달한 음료수가 하나씩 들어 있었다. 자기가 찍은 남녀를 데리고 오기 전에 마시라고 준비한 음료수다. 기다리기 심심한 사람들은 냉장고를 열어 단 하나뿐인 음료수를 투덜대며 마셨다. 여러 가지 준비를 안 한 클럽 측에 불만을 드러내며 투덜대고 마시는 것이었다.

"왜들 꾸물대고 있어?"

젊은 남자는 직원들을 야단치고 있었다.

"이상합니다. 전혀 약 기운이 먹히지 않아요."

직원들은 VIP들이 찍은 사람들에게 분명히 약을 먹였는데 전혀 듣지 않는다고 하소연했다.

"잠시 기다려봐. 뭐가 잘못된 것이지. 약이 바뀌었나."

젊은 남자는 급히 지하실로 내려갔다.

"헉! 이게 뭐야. 무슨 일이야."

젊은 남자는 지하실 1층부터 이어진 자신의 수하들의 시체를 보며 어찌할 바를 몰라 머뭇거리고 있었다.

"모현철. 왔는가?"

뒤에서 조용한 음성이 들렸다. 현철은 홱 돌아섰다. 노란 옷을 입은 여인. 바로 새벽이다.

"누구냐? 아하! 네년은 도박장에서 난동을 부린 그년이구나?"

현철은 이미 새벽이에 대해 들어서 알고 있었다.

"넌 클럽에 놀러 온 수많은 일반인들에게 약을 먹여 성적 노리개로 팔아넘긴 악마구나. 살인이나 폭력 등에는 가담하지 않아 내 관심에서 벗어났던 것이고. 성기가 불구라서 직접 성관계를 못해서 더욱 내 조사에서 빠진 것이구나?"

새벽이가 물었다.

"경찰이냐? 아니지. 경찰이 도박을 할 리 없지. 넌 도대체 뭐냐?"

현철이 깜짝 놀라며 되물었다.

"너와 초련이 과대한 욕심을 부려서 세상에 나오지 않으려고 스스로 봉인을 하고 있던 나 요녀를 나오게 만들었으니 이 모든 것은 너희들 잘못이로다. 이제 죽음으로 그 대가를 치러야 한다."

새벽이가 말했다. 현철은 자기도 모르게 주춤주춤 뒤로 물러나다가 도주를 하기 시작했다. 그러나 몇 걸음 못가서 푹 쓰러지고 말았다.

"착한 사람이 되어라."

새벽이는 그 말을 남기고 지하실로 내려갔다.

지하 2층. 재빠르게 위로 올라오던 사람이 새벽이를 발견하고 제자리에 멈췄다. 새벽이도 올라오던 사람을 바라본다. 초련이다.

"너구나. 어서 비켜. 친구 하기로 했는데 너를 죽이고 싶지 않아."

초련이가 새벽이를 보고 말했다.

피식. 새벽이는 살짝 웃었다.

"무진이란 이름 들어봤지?"

새벽이가 물었다.

"무진? 우리 약사 아줌마? 네가 어찌 알아?"

초련이가 새벽이를 보며 물었다.

"잘 들어. 내 이름은 요녀. 절대 이 세상에 나와서는 안 되는 무서운 능력을 지녔기에 내 스스로 내 능력을 봉인하고 일반인들처럼 살고 있었는데 네가 욕심을 부리고 과대망상을 해서 엄마를 납치해서 약을 만들게 하는 어리석음에 나를 세상에 나오게 했으니 어찌하리. 그 어리석음 때문에 네 아버지도, 네 3명의 오빠들도 다 너 때문에 죽었어. 그런데 난 너도 그냥 놔둘 수가 없어. 네 말대로 미안해."

새벽이가 안쓰러운 표정으로 초련을 보며 말했다.

"뭐라고? 아빠도 오빠들도 다 네가? 무진 아줌마가 네 엄마고?"

초련이 한 발 뒤로 물러서며 물었다.

"이제 알겠어? 네가 우리 엄마를 납치한 그 어리석음을?"

새벽이가 말했다.

"그렇다면 나도 너를 미안해하지 않고 죽일게."

초련이 말을 하며 품에서 권총을 꺼냈다.

"오! 다른 곳에 있다가 방금 지하로 들어온 모양이군. 내가 미안한 것은 네 나이가 고작 17살이라는 것이야. 아직 어린 나이에 처벌을 받게 해서 미안한 것이고."

새벽이가 말했다.

"무슨 배짱이야?"

초련이 새벽이를 향해 권총을 겨냥했다.

피익. 새벽이가 웃는다.

초련은 자신의 손을 의심했다. 권총이 가루가 되어 떨어지고 있기 때문이다.

"이제 기억은 잃지만 꼭 착한 사람으로 오래오래 살거라. 네 기억으로 겨우 17년을 살다 가게 해서 미안해."

새벽이의 손이 움직였다. 초련은 갑자기 숨이 탁 멈추는 것을 느끼며 그대로 넘어졌다.

"너의 연기 하나는 최고였어. 굿바이, 친구야."

새벽이의 눈에 눈물이 흐른다.

후다다닥. 사람들이 뛰어 올라오고 있었다. 가장 앞에서 준영과 문우가 가방에 뭔가 가득 담아 가지고 올라온다.

"가자!"

새벽이 앞서 달리기 시작한다.

"다음에 뵐 수 있으면 좋겠습니다!"

40대 남자가 새벽에게 인사를 하며 손을 흔들었다. 문우가 큰형님이라 부르던 그 남자다.

* * *

4층과 5층 침실에서는 사람들이 아우성을 치고 있었다. VIP 좌석에 있던 사람들이다.

"으아! 이게 무슨 음료수야. 성기능이 마비됐어."

"나도 마비됐어."

"사장 나오라고 해. 내 성기 돌려줘."

냉장고에 있던 음료수를 마신 사람들이 모두 성기능이 마비되었기 때문이다.

* * *

관광호텔 27층 회장실. 노란 물체가 움직이고 있었다. 컴퓨터를 켜고 뭔가 작업을 하던 노란 물체는 금고를 열어 서류를 가방에 넣고 책상 서랍에서도 서류를 꺼내 가방에 넣은 다음 유유히 사라졌다.

BB 클럽 7층 사장실에도 노란 물체가 돌아다녔다. 경찰서 앞 도박장과 당구장이 있던 7층 사장실에도 노란 물체가 돌아다녔다.

* * *

경기도 양평 양동. 새벽이와 문우, 준영은 무진과 함께 있었다. 바로 새벽이가 봉인해서 아무도 못 들어가게 해놨던 새벽이네 집이다.

"자꾸 그 아이가 눈에 밟혀. 초련이. 이제 겨우 17세인데 어찌 그리 악한 짓을 했는지."

새벽이가 말했다.

"자업자득이니 너무 마음 쓰지 마라."

무진이 말했다.

"그곳에서 피해를 입은 여인들은 한곳으로 보내긴 했는데 어찌 살게 할 것인지, 그게 걱정입니다."

문우가 무진과 새벽이를 바라보며 말했다.

"수가 105명이라고?"

새벽이가 물었다.

"네! 집으로 돌아가겠다고 간 사람도 그 정도 되고요. 갈 곳이 없는 불쌍한 사람만 105명입니다."

문우가 대답했다.

"한 사람이 빠졌어."

무진이 말했다.

"뭐가요?"

문우가 물었다.

"모 회장의 둘째 부인."

무진이 말했다.

"아! 첫째 부인은 죽었다고 했지만 둘째 부인은 살아 있었네요."

새벽이가 말했다.

"가장 무서운 년이야. 그년이 가장 사악해."

무진이 말했다.

"네에? 어째서요?"

문우가 물었다.

"초련이도, 현철이도 다 그년이 가르치고 기른 것이니 그년이 가장 사악하다고 볼 수밖에. 단 한 번도 운영이나 사업 일선에 나타나지 않았지만, 초련이나 현철이 하나부터 열까지 어미의 뜻대로 움직인 것으로 알거든. 초련이 언젠가 말했어. 엄마가 무섭고 싫다고."

무진이 말했다.

"어떻게 생겼어요? 보신 적 있어요?"

새벽이가 물었다.

"너처럼 항상 노란 옷을 입고 다니지. 무척 미인이고. 보디가드 출신이지. 모 회장 보디가드를 하다가 결혼했어."

무진이 말했다.

"그럼 이제 모든 재산은 그 둘째 부인이 독차지하겠네요."

새벽이가 말했다.

"아마도. 벌써 움직이지 않았을까. 자식 죽음이나 남편 죽음보다 재산부터 챙길 여자야. 초련이가 불쌍하지. 어려서부터 연기를 공부했는데 그 여자가 나쁜 길로 들어서게 했다는구나."

무진이 말했다.

"어쩌겠어요, 그것도 순리인데. 남편도 죽고 자식도 죽고. 남은 건 재산뿐인데. 그냥 모른 척하시죠. 어차피 자신들의 재산이니 우리가 간섭할 것은 못 되죠."

새벽이가 말했다.

"그래, 그래. 우린 이제부터 그 피해 여성들을 구제할 방도나 생각하자. 돈이나 많으면 나눠주겠지만 그렇지도 못하고."

무진이 말했다.

"그래요. 전 이제부터 다시 봉인을 하려고요. 세상에 나오면 안 되는 능력을 지녔으니 어쩌겠어요."

새벽이가 살짝 웃으며 말을 하는데 문우는 보았다. 눈가에 비치는 눈물을.

"저기요."

준영이 하고 싶은 말이 있나 보다.

"왜? 무슨 좋은 수가 있어?"

무진이 준영이 머리를 쓰다듬으며 물었다.

"우리 할머니네 땅이 많아요. 나무와 숲이 우거져서 그렇지. 거기다가 농장을 만들어 살라고 하면 어떨까요?"

준영이 두 눈을 반짝이며 물었다.

"야! 땅이 얼마나 된다고? 105명을 살게 하려면 1,000평씩만 나눠줘도 10만 평이 넘어야 하는데."

문우가 어림없다는 투로 말했다.

"10만 평 넘는데요."

준영이가 말했다.

"뭐라고? 10만 평?"

문우가 놀라는 표정으로 다시 물었다.

"잘됐다. 문우와 준영이는 같이 준영이 할머니께 다녀오고, 준영이 할머니 승낙이 떨어지면 그곳에다가 보금자리를 지어주자. 내 통장을 다 털어서 될지 모르지만."

새벽이가 말했다.

"알았습니다. 형님, 얼른 다녀옵시다."

준영이가 먼저 일어섰다.

"조심하고."

무진이 말했다.

"흠! 105명이 집단으로 모여 살면 못하는 것이 없을 것 같네요."

새벽이가 말했다.

"식당도, 카페도, 미용실도 다 하나씩은 있어야겠다. 내가 설계를 해보마."

무진이 종이와 펜을 들고 열심히 그리기 시작했다.

한쪽에서 새벽이는 약과 약초를 만지며 뭔가 생각에 잠겨 있었다.

"무슨 생각을 그렇게 해?"

무진이 새벽이를 보며 물었다.

"뭔가 짚이는 것이 하나 있어서요."

새벽이가 말했다.

"뭐가?"

무진이 물었다.

"확실한 것은 아직 없는데, 왜 제가 누군가 깔아놓은 바둑판에서 바둑돌 노릇을 한 것 같은 느낌이 들죠?"

새벽이가 고개를 갸웃하며 물었다.

"아마 엄마가 의도했던 일들이라서 그렇겠지."

무진이 말했다.

"그런가요?"

새벽이가 물었다.

"그럼. 그러니 신경 쓰지 말거라."

무진이 말했다.

"계십니까?"

밖에 누가 찾아온 모양이다. 무진이 먼저 밖으로 나갔다. 뒤따라 새벽이도 나갔다.

"경찰입니다. 오새벽 양, 당신을 모 회장과 그 3명의 아들과 1명의 딸, 그리고 국회의원과 경찰을 살해한 용의자로 긴급 체포합니다. 당신은 변호사를 선임할 수 있고 법정에서 불리한 진술을 거부할 수가 있습니다."

경찰이 새벽이 손에 수갑을 채웠다.

"네가 정말?"

무진이 새벽이를 바라보며 물었다.

"흠… 바둑판의 돌이라. 그래서 그런 생각이 들었던 겁니다."

새벽이가 알쏭달쏭한 말을 남기고 경찰차를 타고 경찰들과 함께 떠나갔다.

새벽이는 그 길로 안산경찰서 합동수사본부로 끌려갔다.

*　*　*

다음 날 문우와 준영이는 무진을 태우고 안산경찰서로 달려갔다. 새벽이는 밤새 조사를 받았는지 초췌한 모습으로 철창에 갇혀 있었다.

"누님! 어찌 된 일이에요?"

무진이 새벽이를 보며 물었다. 준영이는 형사에게 가서 새벽이가 연쇄살인범을 가르쳐줬다고 말을 하며 새벽이를 변호하고 있었다. 무진은 아무런 말도 없이 새벽이를 바라만 보고 있었다.

"밤새 단 한마디도 안 했습니다."

형사가 무진을 보고 말했다.

"어찌된 일이야?"

무진이 새벽이를 보고 물었다.

"조금 기다리면 올 겁니다."

새벽이가 말했다.

"무슨 말이에요?"

문우가 물었다.

"나를 바둑판으로 초대한 손님이 곧 올 거야."

새벽이가 빙긋이 웃으며 말했다.

"도대체 무슨 말인지."

무진과 문우가 서로 마주보며 말했다.

경찰서 합수부의 문이 열리고 노란 옷의 여인이 걸어 들어왔다.

"잠시 이분과 이야기를 나누고 싶은데요."

형사에게 새벽이와 이야기를 나누고 싶다는 여인. 형사는 고개를 끄덕인다.

"이 가방에 서류가 들어 있어요. 이 서류 정리를 하느라 좀 늦었더니 새벽 양을 고생시켰네요. 부탁드릴게요. 잘 맡아서 처리해주세요. 그리고 고마웠어요. 또한 미안해요. 스스로 봉인하고 계신데 나오시게 해서요."

여인은 새벽이에게 공손히 인사를 했다. 그리고 형사에게 다가갔다.

"자수하러 왔습니다. 모 회장 가족을 전부 다 죽인 사람은 접니다. 이곳 합수부 전임 반장도 제가 죽였고, 국회의원과 저 앞 7층 건물 사장은 물론 그 하수인까지 전부 제가 죽였습니다."

여인은 손을 내밀었다.

"정말입니까?"

형사가 물었다.

"네! 사실입니다. 제가 요녀입니다. 제 아들과 딸도 죽였으니 말입니다."

여인은 눈물을 흘리고 있었다.

의아한 표정으로 여인을 바라보는 문우와 준영에게 무진이 한마디 했다.

"모 회장의 둘째 부인이시다."

무진의 말을 듣고 새벽이도 놀랐다. 형사들도 모두 놀라며 다들 여인을 바라본다.

"그러니 저 새벽 양은 얼른 풀어주세요."

여인이 말했다. 형사들은 자물쇠를 열고 새벽이를 나오게 했다. 새벽이가 나오자 여인은 얼른 새벽이 앞에 무릎을 꿇고 엎드렸다.

"미안해요. 용서해주세요. 새벽 양 어머니를 납치해서 새벽 양을 끌어들인 것은 저 혼자 그들의 죄를 도저히 밝힐 능력이 없어서 그렇게 했습니다. 새벽 양이 그들 죄를 하나하나 밝혀내면 저는 그들을 죽였습니다. 새벽 양과 똑같이 노란 옷을 입고."

여인이 눈물을 흘리며 말했다.

"아! 생각났어요. 그때 제게 노란 옷을 사주신 분?"

새벽이가 물었다.

"맞습니다. 제가 새벽 양에게 그 옷을 사드렸습니다. 헌데 정말 새벽 양에게 잘 어울리더라고요."

여인은 말했다.

"어떤 사연이 있으신지?"

새벽이 물었다.

"관광호텔과 저기 앞 7층 건물, 그리고 BB 클럽이 있는 건물은 저희 아빠 재산이었습니다. 모 회장 그놈이 저희 아빠를 죽이고, 엄마를 강간하고, 언니까지 강간해서 모두 죽였습니다. 저는 갓 태어나 아직 출생신고도 못 하고 이모 집에 맡겨져 있어서 화를 피할 수 있었습니다."

여인은 말을 하면서도 하염없이 눈물을 흘리고 있었다. 보다 못한 새벽이가 손수건을 꺼내 쪼그리고 앉아서 여인의 눈물을 닦아준다.

"저는 모 회장 그놈에게 복수를 하기 위해 보디가드로 취직을 해서 놈 옆에 있었습니다. 놈을 바로 죽일 수 있었지만 그 아들 놈들과 사업체 전반에 걸쳐 엄청난 범죄를 저지르고 있는 것을 어렴풋이 알았기 때문에 모씨 일가를 모두 악의 수렁으로 빠트리기 위해 모 회장의 아들도 유혹하고 모 회장도 유혹해서 서로 싸우게 만들었는데 그러다 보니 원하지 않는 아들과 딸도 생겼습니다. 국회의원과 이곳에 파견된 경찰관까지 연루된 것은 몰랐고, BB 클럽 지하실이 5층까지 있다는 것도 몰랐으며, 더군다나 모 회장 그놈과 아들까지 저를 매일 원하는 바람에 더 이상 움직이기가 힘들었습니다. 우연히 알게 된 무진 님에게 새벽 양이 있다는 것을 알고 끌어들이려는 목적에 딸을 이용해서 무진 님을 납치했던 겁니다. 다행히 무진 님은 다른 목적이 있다는 것을 알고 옥상에 거주하게 해드렸던 겁니다."

여인은 말을 하고 다시 새벽이에게 절을 하고 일어섰다.

"불쌍한 삶을 사셨군요? 제 도움이 필요하면 언제든 말씀하세요."

새벽이가 말했다.

"감사합니다. 죄를 지었으니 벌을 받아야죠. 기억을 잃고 자유를 찾으면 되겠어요? 꼭 필요하면 언젠가 요청드릴게요."

여인은 이미 새벽이의 의도를 눈치채고 그렇게 말했다.

"그래도 아들과 딸까지 그러실 필요는 없었는데."

새벽이가 말했다.

"사악한 놈의 피예요. 다 사라지는 것이 좋아요. 기억이 사라진다고 사악함이 없어지지는 않아요. 새벽 양은 천사입니다. 제가 요녀죠. 그러니 자유롭게 사세요."

여인은 마지막으로 인사를 하고 경찰을 따라 조사실로 향했다.

"그러니 뭐야? 누님은 기억만 없앴는데, 뒤를 따라다니며 다 죽인 거라고? 똑같은 옷을 입고?"

문우가 황당하다는 표정을 지었다. 허나 새벽이는 애처로운 눈으로 여인이 사라진 조사실을 바라보고 있었다.

"어서 나가자."

무진이 재촉을 하지 않았다면 언제까지나 그렇게 서 있을 것만 같았다.

* * *

양평 집으로 돌아온 무진과 새벽이.

"그래, 그 모 회장 둘째 부인이 서류 정리를 그렇게 했다고?"

무진이 물었다.

"네! 그래서 문우와 준영이를 보내 그분들을 모셔오라고 했어요."

새벽이가 말했다.

"잘했다. 얼른 마무리하고 우리도 강원도로 가자. 여긴 이젠 더 머물 곳이 못 돼."

무진이 말했다.

"네! 그래야죠. 아까 보니 형사들이 관심을 보이던데, 그 둘째 부인이 조사 도중에 그런 말을 안 할 분 같던데. 형사들이란 눈치가 빨라서, 얼른 숨어야죠."

새벽이가 말했다.

"그럼, 그럼. 너에 대해서 이야기를 할 부인은 아닌데. 이미 눈치를 챈 형사들이 어떤 방법이든 물어보겠지. 준영이가 쓸데없이 나서서 그래."

무진이 말했다.

"아직 철이 없잖아요. 제가 위험에 처한 것 같아 보이니 형사에게 사정한다는 것이 연쇄살인범을 찾아준 사람이 저라고 말을 한 것 같으니 너무 나무라지 마세요."

새벽이가 말했다.

"물론 세상에서 없어져야 할 범죄자들을 찾아주는 것은 좋은 일이지만 그것으로 끝내야지. 너의 특별한 능력을 알면 세상 모든 사람들이 너를 주목할 거야. 거기에 좋은 뜻도 있지만 나쁜 뜻이 더 많으니깐 문제지."

무진이 말했다.

"애써 봉인했는데 다 풀어버렸으니, 다시 봉인하려면 많은 세월이 필요할 겁니다."

새벽이가 암울한 눈으로 하늘을 바라본다.

"봉인할 필요 없어. 엄마가 아가를 위해 지금까지 약을 만든 이유가 그래서야. 이미 다 완성됐고. 아니, 넌 이미 요녀가 아니야. 심성이 많이 착해졌잖아. 엄마가 며칠 내로 완전히 착해지는 약을 너에게 줄게. 그럼 그냥 너답게 그렇게 살아."

무진이 말했다.

승용차가 집 앞 마당에 들어오고 문우와 준영이 차에서 내렸다.

"누님, 가시죠?"

문우가 고개를 숙이며 말했다. 새벽이는 차에 타려다가 무진을 바라본다.

"그래! 얼른 갔다가 와. 올 때는 알지? 엄마가 짐은 다 챙겨서 가지고 갈게."

무진이 말했다. 새벽이는 고개를 끄덕인 다음 차에 올라탔다.

* * *

안산. 신사동 BB 클럽. 많은 여성들이 2층에 모였다. 모두 200여 명 됐다.

"여러분! 저는 누군가의 부탁을 받고 이 자리에 섰습니다."

새벽이가 큰 소리로 외쳤다.

"관광호텔과 이곳 BB 클럽은 물론이고 경찰서 앞 7층 건물까지 모든 소유권이 여러분들 앞으로 돼 있습니다. 이제부터 여러분은 종업원이 아닙니다. 이 회사 운영자입니다. 여분들이 매년 총회를 열고 대표를 선임하시고, 매출이익은 여러분들이 공평하게 나누어 가지시라는 뜻도 전해왔으니 이를 명심하시고, 서로 배려하고 돕는 마음으로 잘 이끌어가시길 바랍니다."

새벽이가 말했다. 모든 여성들이 박수를 쳤다.

"모든 지분은 똑같이 나누어드렸습니다. 저에게도 10%나 주셨는데 이 10%는 제가 잠시 맡아 가지고 있다가 그분이 죗값을 치르고 나오시면 돌려드리겠습니다. 그분이 나오시기 전에 제게 배당된 이익금은 모두 회사 발전기금으로 기부하겠습니다."

여성들이 모두 박수를 치며 환호했다.

"저희들이 오늘 저녁 은인에게 식사를 대접하려고 합니다. 바쁘시더라도 꼭 식사 자리에 참석해주시면 감사하겠습니다."

30대의 키가 큰 여성이 말했다.

"알겠습니다. 꼭 참석하죠."

새벽이는 그 말을 남기고 BB 클럽을 떠났다. 여성들이 자기들끼리 회의를 하게 자리를 비켜주는 것이다.

* * *

그날 밤. 한식 뷔페에서 200여 명의 여성들과 식사를 같이한 새벽이는 문우와 준영을 데리고 강원도로 떠났다.

세상에 나오지 않기 위해 스스로를 봉인하고 자신의 무서운 능력을 감추고 살아가던 요녀. 한이 많은 여인의 복수를 위해 잠시 봉인을 풀고 나왔다가 요녀는 그렇게 세상에서 자취를 감추었다.